神社猫 おくじの昔話

——神社の梅伝説

やまね ひとみ
Hitomi Yamane

文芸社

目次

神社猫おくじの昔話

――神社の梅伝説

序

時は江戸時代の後期、文政《ぶんせい》の頃。

とある所に、代々おみくじ箱の上に猫が乗り、番をすることで人々に親しまれております神社がございました。お話の主人公の「おくじ」とは、初代「お占《うら》」から「お鈴」、「お吉」と続きました後の四代目看板猫で、初老の雌《めす》の三毛猫《みけねこ》でございます。

このおくじ、なかなかの利口者《りこうもの》ではありますが、番をするのが仕事にも拘《かか》わらず、何よりも寝ることの好きな大物なのでございます。

そしてもう一匹、「ニャ吉」と申します雄《おす》の猫は、ようやく目の開いた子猫の頃に神社の境内に迷い込んできましたのをおくじに見つけてもらい、以来面倒を見てもらっているような次第です。幼名は「ニャ」でございましたが、すっかり成長いたしまして、今では通称「ニャ吉」となりました。

ニャ吉は、鯖《さば》トラ白（あんこのような灰色トラ柄で、お腹《なか》が白い）の珍しい和猫であり、また明るく愛想のよい性分も幸いしてか、ふとしたきっかけで当時名代の菓子屋「寿屋」の飼い猫となり、お店のほうでは「あん吉」とも呼ばれて可愛がられているのでございます。
また、とにかく今は食べることが生き甲斐《いがい》の若猫でもございます。

さて、親子、姉弟《きょうだい》のような、あるいはおくじが師であり一番弟子《でし》があん吉といった、この二匹がどのような昔話を思い出しますものか——季節は厳しい冬の空気も和《やわ》らぐ立春の候のことにございました……。

一　神様の庭

人生の道は聞けぬもの、そうして迷うもの、人は神社などに行きますと「運は天にあり、神に聞け」とばかりにお賽銭《さいせん》をはたいては、その先、吉兆《きっちょう》などを占うものですが、それをどう読むかということは、人の心の決めることであり、その心というものを見守るのこそが神様でございまして、それはこの世の中ができましてより昔も今も変わりのないことなのでございます。

さておき、神社と申しますとお馴染《なじ》み、とある神社でおみくじ箱の番をする猫のおくじでございます。その赤い箱の周りの小さな世間でも泣いたり笑ったりの人生模様のございました一年は過ぎて、嬉《うれ》しい春がまた巡《めぐ》ってまいりました。

境内《けいだい》には厳しい冬を越えた梅の木の花が二分咲きに開いて、今日は「うめまつり」の幟《のぼり》も上がって、朝のうちからもう参拝の人々で賑《にぎ》わっております。

と、これを知って、あのお祭り好きの猫のニャ吉ことあん吉がやってこない理由はございません。ほうら、鳥居の下から小さな顔が覗《のぞ》いて、参道を歩きながら見上げれば、続いておりますぼんぼりに我が店の名「寿屋」とあるのを見つけると、おくじの座っております拝殿へと嬉しそうに駆けてまいりました。

「おくじねえさん、いよいよおまつりでございますにゃあ。気の早えといったら、来しなにゃあもうずらりと露店《ろてん》が並んで、やれ団子《だんご》だ唐辛子《とうがらし》だにゃんだと、そりゃあ賑やかなもんでございやした」

と、あん吉が挨拶《あいさつ》するなり、おくじは答えます。

「にゃにしてたんだい昨日《きのう》から、おみゃあにしちゃあ遅いじゃにゃあか、ごらんよ、野次馬《やじうま》さんたちはもっと朝早くからちゃんと来てたよ」

「そういやあ女子供の何だか多かったこと、皆さん早くから感心なことで」

「にゃにが感心なものかい、あいつらは神様でも梅の花でも団子でもにゃい、祭り客のお目当ては他にあったのよ、おみゃあも、もうちょいと早く来てりゃあいいもんが見えたのによ」

「にゃんです？　そのいいもんてのは」

あん吉が慌てて聞くと、

「一体にゃんだと思う？」

とおくじがじらすので、あん吉は耳の首を傾《かし》げてしばらく考えます。

「はてと、千両箱のご寄付が通ったとか、お嫁入り、もしや神社で富くじが売り出された、それともまさか宮司の妾《めかけ》がやって来て、朝から客の前でひと騒動だった……とか」

「どれもにゃあよ、馬鹿だねえおみゃあは、そうじゃにゃい、そうじゃにゃくて、来たんだよ、こんなところに何が、いやいったい誰が来たと思う？　聞いて驚くにゃよ」

「へい、多分驚きやせん、で、一体誰が来たんですかい？」

あん吉がそう聞くと、おくじは春に霞《かす》む空を見やって答えました。

「あの菊之丞と藤三郎だよ、な、びっくりだろう？　それがさっき、本当にやって来たんだから、ここに。菊さまとお藤さま……、知ってんだろう？　いくら無粋《ぶすい》ニャおみゃあでも」

おくじがまた聞くので、

「はあ、にゃんとにゃくにゃらば」

と、あん吉は答えました。

「当代きっての花形役者の二人、そんな雲の上のお方がこんなところに来るだにゃんて誰が思うかい。にゃあ、長生きはするもんだ、あたいも長いことここにいるけど、こんなのは初めてのことだ。まったく冥土《めいど》のいい土産《みやげ》になるってもんだ」

おくじが続いてこうつくづくと申しますので、あん吉は頷《うなず》きました。

「てことは、おくじねえさんがそこまでおっしゃるほどの二枚目であったということでございますにゃ」

おくじは身を乗り出しつつ、吐息を漏らして申しました。

「二枚目も二枚目、どちらもこれが他と同じ人間かと思うくらいよ。渋皮がむけて、キリリと男前の藤三郎にも勿論《もちろん》惚《ほ》れ惚《ぼ》れしたが、それ以上、菊之丞のそれはそれは美しかったこと。おしろいなしというのに、顔は抜けるほどきめ細やかに白く、中高にして慎ましやかに整った面立《おもだ》ち、品のいい振る舞いはもう女以上だ。ああ、にゃんていい目の保養だったことか……。うちのおかみさんときたらにゃ、今朝から一番のよそ行き引っ張り出してそわそわしっぱにゃし、昨日は昨日でやれ髪結《かみゆ》いだ、紅を引いたものかどうしようかと鏡台に座りっぱなしで飯の支度も忘れるほどだったんだ、それにほら見てみにゃ、あたいの座布団《ざぶとん》まで縫い直して、どっちも誰も見にゃいだろうに、何だか終《しま》いに気の毒になったくらいよ」

これを聞いてあん吉の方はちょっとほくそ笑みます。

「にゃるほどねえ、そりゃあそうでしょうとも。にゃにより男前に目のにゃいあのおかみさんだもの。待てよ、てことは目の正月の後にはご馳走が出るに決まっておりやす、こりゃあ あっしにも必ず福が回って来るってもんだ。でも姉さんのおっしゃるように、いったい何を間違えてこんにゃところにそんにゃ人気者が来たんでしょうかねえ？　姉さんはそのわけ知ってなさるんで？」

「それにゃんだよ、これがにゃ、ほら、今度芝居《しばい》小屋が新しくにゃったじゃにゃあか、で、そのこけら落としの祝いの出し物に何とか出てもらえまいかと小屋主がダメ元で掛け合ってみたところ、先方がにゃ、二つ返事で引き受けたんだよ。というのも実はあそこ、ああ見えてかなり前からあった知る者ぞ知る小屋らしくてにゃ、役者にとっちゃあ先の代たちが世話ににゃったということで、ご恩のある芝居小屋の祝い事にゃらば是非にも参りましょうと承知した、というわけだ。それでどうせ行くなら近所の神社にも参り、小屋の繁盛、出し物の盛況、それに芸事の上達の祈願もさせていただきましょう、ということににゃったということらしいんだよ。だがだよ、このことを知ってたのは、小屋主、そして神社の者くらいのはずで、菊さま、お藤さまは、あくまでお忍びで、ということであったはずが、世の中は舐《な》めちゃあいかん、何処でどう聞いたか夜が明けてみたら、そりゃあもう婆《ばあ》さんからガキみゃで女という女の来ること来たこと、恐ろしいねえ」

おくじがあきれると、あん吉も頷き、

「ははあ、それであっしも、道々いやに騒がしい女の立ち話を随分と見掛けたことに合点がゆきやした」

と申しましたが、おくじはちょいちょいと手を振って言いました。

「あん吉、だがにゃ、あたいはそんな野次馬らとは違って、ただ見物しただけじゃあにゃあんだ。今朝一番の見せ場はにゃ、にゃんとその菊さまが、帰りにおみくじを引いてにゃ、そん時にあの綺麗な手でわざわざあたいの頭を撫《な》でたところにゃんだ」

「ありゃあ、姉さん、そりゃあまさに山場というものでございましたにゃあ」

あん吉が相づちを打ちますと、おくじは相好《そうごう》を崩します。

「それににゃ、きれいな声であたいに向かって、『おみくじ有り難う、綺麗な猫番様でございまするな、宮司様』だって言ったんだよ。ああ生きてて良かった」

「はい、はい、そうでしょうとも」

「そいでもって、その時近くで見たあの涼しくて優しい目……」

おくじはうっとりとしています。

「で、どんにゃおみくじを引いて行ったんです？」

あん吉がそう問いかけてみると、おくじはおみくじに書いてあったことを思い出して、言いました。

「中吉だがいいくじだった、結んで帰ったからさっき行って見たらにゃ……、

中吉
一輪に咲定まりて富貴花（牡丹の花のこと）
白照り映ゆる月の庭かな。
何事も一心に願い精進すれば、必ずや夢は叶い
努力を惜しまぬ者には神の助けの光も寄り添う。

にゃ、どうだい、菊さまにぴったりのくじだろう？　神様もたまには粋《いき》なことをにゃさる
じゃあにゃいか。これには菊さまも帰る時に、『中吉は、一番良いくじと聞きます。それに
今の私にとっては有り難いお言葉を頂きました』と言って嬉しそうにして帰ってったんだ

よ」

「へえ、そんにゃことがあったんですかい、そりゃああっしも見てみたかったにゃあ……、にゃにしろ昨日から、店は花見団子で大忙し、猫の手も貸しとくれ、てんで店の番をさせられてたもんでして、世間の噂《うわさ》にまで耳を立てる暇もございやせんでした」

「おうや、そうかい。あん吉さんよ、おみゃあもいよいよ寿屋の招き猫、看板猫かい」

おくじは笑い、そしてつぶやきました。

「それにしても、おみくじにあった富貴花にゃあ……、それも外れてはいにゃいけれども、あたいが、あの菊之丞を花にたとえたとしたら、品の良さ清らかさからして、白梅にするんだがにゃあ……。それにあたしゃあ菊さまを見てつい思い出してしまったのが、いつかおみゃあに話したことのあった昔話に出てくる若者のことだった。白梅の精のような梅次郎という若者は、きっと今日の菊様にそっくりな若者であったに違いにゃーってにゃ」

「梅次郎……。その昔話てのはもしかしたら、あっしが小せえ頃に姉さんが寝る前にしてくださいました、神社の梅の不思議にゃお話のことでござんしょうか?」

「そうだよ、覚えてるのかい? 懐かしいじゃにゃあか、まだおみゃあがあん吉、ニャ吉の前のニャの坊主《ぼうず》だった頃のにゃあ……。はっと思い出してしまった、あの話を」

そう言いながらおくじは新調したばかりの座布団の上に下りました。向かい合うようにあん吉も横になりました。おくじは、

「久しぶりにちょいと思い出してみようじゃにゃいか」

と言い、あん吉も、

「今日は梅のおまつりですから、それもようござんすにゃあ」

と言いながら、くつろいで前足に頭を置きました。そうして目を閉じますと、幼かったあの頃の、懐かしい布団のにおいやぬくもり、そしておくじの語る声までもが甦《よみがえ》ってくるのでございます――。

＊　＊　＊

その夜、おくじは小さいニャ（あん吉の幼名）のために昔話を聞かせてやることにいたしました。

「これはにゃあ、ずっとずうっと昔々のお話にゃんだよ……」

第一夜のお話

見上げる空の青さをどんどん通り抜けて、その上のまた上、薄紅の雲のかかるところに神様のおいでになる高天原《たかまがはら》というところがございまして、その広々としてとても美しいお庭には、空の雲にかかり、下界へと繋《つな》がる虹《にじ》の浮き橋がかかっております。天界を照らす大神様は、時折その橋の上から下を見下ろされて、雲の間に見える下界には、一面の青の海の他は何もないことを常々物足りなくお感じになっていらっしゃいました。

そんなある時、大神様は、〈そうじゃ、この下に島というものを造り、そこに生き物を住まわせよう〉と思いつかれ、すぐさまお二人の力持ちの神様をお呼びになりました。そして、天の宝の鉾《ほこ》をお持たせになり、『青い海の上に、海中の泥で島を造って来るように』とお命じになりました。

そこで、二人の神様は下界に降り、天の鉾で海の泥をかき回し、〈集まり、そして重なれ……〉と念じられました。そうすると泥はみるみる盛り上がって、それは何とまあ大神様の可愛《かわい》がっておられる龍に似た形を作ったのです。その背にあたるところには一層高く泥が噴き上がり、これは島の高きところ、つまり山々となりました。

しばらく経って、島の土がしっかりと固まった頃、大神様は天よりその上へと雨をお降らせになりました。すると今度は、高い山から低い地面へと流れ落ちた雨水が筋になって広がり、土にしみ込んだ水は山裾《やますそ》から噴き出してこれと交わり、海の中へと流れ込んで、川や湖というものができていったのでございました。

そしてこの水の跡がまたしっかりと乾きました頃に、大神様は、御自《おんみずか》ら天の橋を渡り下界へと下ってこの島の上に立たれ、のびのびと広がる大地の端から端までを見渡しました。

「この島を国と名付けよう」

そう言われ、その足元にございました一つの山に命の息吹《いぶき》をお吹き込みになりました。そうするとどうでしょう、その地面からは、天に向かい、素直に伸び行く歓《よろこ》びの命が一斉に芽吹いたのでございます。それは、今この世にあるほとんどの種類の木の芽なのでございました。

次に、大神様はまた、この山の周りに天の砂を撒《ま》かれ、そこからは様々な植物が生えだしたのでございます。

このようにして、島の中ほどの小さな山を中心とした部分に土からの命が生まれて、やがてそこが緑に包まれるように育ってまいりますと、大神様はまた天上界の鳥や、動物たちの形を写した姿の生き物をそこにお現しになりました。

その後、天に戻られた大神様は、天の時の巡りと気候というものを司《つかさど》る神々の中から、まだ若きお二人の神様をお呼びになり、「島の気候が、今生きている全ての生き物にとって過ごしやすく、植物もまたよく育ち実るようにせよ」とそれぞれにお命じになりました。さらに「天の一巡りする時の半分ずつを良きに司るように」と仰《おっしゃ》り、これを春、そして秋、と名付けられ、春と秋と一組の時の長さを「一年」という区切りとする、とお決めになりました。また、この時より、若い神様もそのお名を春神様、秋神様とされたのでございます。

そしてまた、この一年の始まりは、「この島の中に初めて『命』というものが誕生した始まりの山に生えた木の中で、一番初めに花を咲かせたもののあった時から」とされたのでございました。大神様は、生きる歓びに緑輝く中から初めて花の咲いたその木、その花を「特に美しくめでたいもの」と愛《め》でられ、これを「梅」と名付けられたのでございます。そのため、今日でも変わらず、梅が花をつけるのは旧暦の正月、如月《きさらぎ》のはじめの頃となっているようなのでございます。

それから国を司ることとなったお二人の神様、春神様と秋神様についても触れさせて頂きますと、元々神様には人間で申しますところの男女の区別などがはっきりとはございませんものの、そのご気性には違いがありました。

春神様は、どちらかと言えば女性的であり、穏やかで優しくまた花のように華やかでもあって、何かにたとえるならばそれはちょうどうっすらと春霞の漂う弥生《やよい》の空のようなお方であり、開花と芽生え、そして成長を現していらっしゃるのでございます。

一方、秋神様となられた神様はと申しますと、ご誠実ご聡明にして思慮深きお方であり、それは正に一点の曇《くも》りもなく澄みきったあの秋空のようなお方でいらっしゃいました。さらに結実と収穫、物事の成就を現すことに、どこか男性的力強さがございました。

お二人はそれぞれにそれはそれは美しい神様なのでした。

しかして島の一年というものも、その神様のご性格を写すがごとくに、春は花、秋は紅葉と美しく、また生き物にとっても誠に過ごしやすい恵まれた気候となりましたので、島の中にできております山を囲む小さな神の庭も、この頃は一年中生き生きとして豊かな命の営みが続けられたのでございます。

また大神様は、このように生き物のための時の秩序と恵みの気候をお二人の神様に司らせたのみならず、他にも大切な役目をお任せになりました。それは、声を発することのない木々や植物のために天の園より呼び寄せられた木と植物の精たちをその一つ一つに宿らせたまう、ということなのでございます。最初に花の精が宿ることとなったのが、大神様の大切に思われておいでのあの梅の木なのでございました。

春の神様は、数ある花の精の中から、大神様のご寵愛《ちょうあい》にふさわしい、最も高潔であり、忠誠心と忍耐力に優れた者をとお考えになり、またその花の色により、赤い花の木には華やかで優美なる、白い花の木には清らかで気品のある、花の精をお宿しになられました。

さてこのようにして、神々の見守りし庭がこの後も平和に美しい時を繰り返し、物事が落ち着いた様子を天上界よりご覧になっておいでした大神様は、いよいよここに生き物たちの秩序を守るべく、その長となる者を作らんとして、予《かね》てよりお考えになっていらした「心をもって考えることのできる生き物、知力に勝る生き物」を今こそ送り込んでみようとお決めになりました。そして、その姿を神々の姿に似たものとし、その名は支え合うことを意味する「人」となさいました。

そうして最初の人が現れますと、神様はこの庭を、島全体に生き物たちの場を広げていって国造りをするためのお試しの場として、それからを見守られたのでございます。

それから幾年かが過ぎて、神の庭には何事もなく、春と秋の神様のご守護により気候にも恵まれて植物はよく育って実り、しのぎやすさに生き物たちも何不自由なく暮らせておりました。けれども、このような恩恵の日々も時が経つに連れて当たり前のことになってしまいますと、恵まれていること、生かされていることへの感謝などというものは薄れて、代わりに人の心の中にはいつしか驕《おご》りがその影を濃くするのでございます。元々考えることに勝り、心の働きの多い人は、その発達につれて自我というものが芽生え始めるのでございました。

そして自我の心というのは、ご存じのように良きにも悪きにも働くものにございまして、足ることを忘れる欲というもの、怠《なま》け心、妬《ねた》みなどという心の塵《ちり》が混じってまいりますと神より授《さず》かりし人の本来、つまり全ての生き物たちと共に生かし合い支え合う心を次第に失ってゆくのでございました。

さて、このような有様をご心配になられた春神様と秋神様は、何とかこの世の創造主、守護神であられる神の人への願いであるはずの人本来の本能と、感謝の心を思い出させんとして話し合いました。先ずは神というものへの思いを形あるものにさせんとして、山の麓《ふもと》にございました丘の上に神を祀《まつ》るための社《やしろ》と祭壇を造らせ、春と秋、その季節の初めには、収穫を捧げて感謝するようにと人の長なる者に伝えました。また、この神の座の前には、感謝の印に相応《ふさわ》しい紅白一対の梅の木を山から移してその証《あかし》とするようにとお命じになられました。

そうすると、このような天よりのお告げを受けたこの時の人の長は心の正しき者にて、早速人々を集めると、お告げに従い、丘の上に梅の木を植え、神を祀る場所を造り、年に二回、それぞれの季節の初めには収穫と守護への感謝を捧げまつるようになったのでございまして、これが今日の春と秋の神社のお祭りの元となったのであろうと思われているのでございます。

しかしながら、このような年に二度の感謝の機会を得たことによって、多くの人々の心が改まったのかと申しますと、さにはあらず。人々の常にさほどの変わりはないのでございまして、神へのお祭りさえも、いつしか人が楽しむためのお騒ぎのようになっていったのでございました。

それでも、この様子を見ていらした春神様は、その大らかでお優しいご気性から、今しばらくは気長に見守ろうとされておいででしたが、生真面目《きまじめ》で、また物事を深く、秩序正しき道理をもってお考えになる秋神様の方は、例えば人が祭りを楽しむための酒造りなどに精を出して祭りの宴《うたげ》に酔い、ただ物を採って食べてばかりいるようなことや、他の生き物をわが物のごとく扱い、長とはならずに幅《はば》を利《き》かせるだけの様を見るにつけ、お心に据えかねていらしたのでございます。

ある年、いつものように春神様との交代の時期を迎え、秋神様が地上に戻られた時のこと。

楽しみにしておいでの秋の山のご散策に、いつもの友として連れていらした美しい白鹿と白鷹《たか》のうち、特に可愛がっていた鹿の方が人に追われて深手を負い、そのまま行方《ゆくえ》の知れぬということを空から舞い下りて知らせる鷹からお聞きになると、秋神様は我が子の姿を求めるようにして山中をお探しになりましたが、その姿はもうどこにも見つかることはありませんでした。秋の神様にとってこのことは無念極まりなく、大そうお悲しみになり、改めて、健《けな》気《げ》に生きている他の生き物を無碍《むげ》に扱い、傷つけ命を無駄にしてしまう人の思い上がりと醜い欲に初めての怒りを覚え、そのお心の奥には小さな火種が燃え始めたのでございます。

そんな秋も過ぎ去りますと、年は改まり、丘にまた紅白の梅の花の咲く春となりました。

この年はいつもより多くの収穫に恵まれたことを人々は喜び、今年の春祭りには神に感謝し、これを祝う盛大な宴を開かんとして、その春祭りの日には神の祭壇に色とりどりの捧げものが祀られ、そして夜になると丘には宴の篝火《かがりび》が明々と焚《た》かれました。

群青の夜空いっぱいに煌《きら》めく星々を置いた神話の空は美しく澄みきり、地上もまた清浄の気に包まれて、生きとし生けるものは皆歓びに輝いておりました。とりわけ、今宵《こよい》その枝ぶりも見事に育った梅の木は紅白に咲き揃うて篝火に映《は》え、丘の上は天の宴を写したがごとき美しさにて、ひとびとはその光景に酔いしれております。

宴のために選ばれし舞い手が、神への奉納と歓びの舞を人々の歌いに合わせて舞い始めますと、満開の梅の花からは何と紅と白の花の精までもが舞い出でて踊り、これはさらに天の神々様を呼び寄せましたので、その神々によるご来光は夜空を次々と下り、やがては銀色の龍を先達《せんだつ》とした大神様の光の輿の連なりまでもが見えたのでございました。

そうしてそのお姿が丘の社の神の座に大きな光となり、辺りを照らして御光臨なさいますと、この奇跡を見た神の庭の生き物は、（これこそは天と地とそして我らを造りたまいし命の親）と皆心を打たれたのでございます。人々はこの感激と歓びに益々酔い、神々様もまた生き物たちの喜び輝く姿に、今宵ばかりはと、この春の美しき宴に人々と心を一つにして楽しまれました。

しかしながら、このような華やかな地上の様を雲の間より眺めながら、ただ一人苦々しい思いをもって見ていらしたのは秋神様でございます。次第にその心中にあった火種が燃え上がってまいりますと、それはご自分の知らぬ間に矢をかたちどり、火矢となってそのお心と体を突き抜け、はっと気づくより先に、宴の光に向かって一直線に飛んで行ったのでございます。

「ビューーッ」と遥か彼方から風をきって飛び来る矢の音、丘の上でもこれに気付き、いったい何であろうかと眺めておりますうちにも、その勢いは目にもの見せず白梅の幹に「ズン」と突き刺さり、驚く人々の前でたちまちのうちに燃え上がりました。さあ、この火は神の怒りの火にてただの力にあらず、それは瞬く間に白梅の木を包んだばかりでなく、丘を走ってその後ろの山へと燃え移ってしまったのでございます。これには、人々は勿論のこと、神の庭中の生き物と神々様さえもが驚かれて丘の上は大騒ぎとなり、神の光は次々に天へと戻ってゆかれました。

そうして火のついた山は夜空を焦がし、黒い煙を上げて燃え広がると、炎に包まれる山の木はバチバチと音を立てて燃え盛り、焼かれる木が、恐怖と、生きようとする怒りに叫び声をあげました。するとその山の向こうで大神様を待って休んでいました天龍が、そのただならぬ気配に気づいて、丘の上にまだいらっしゃいます大神様と春神様のもとに飛んでまいりました。

龍は大神様と春神様の命をうけ、今まさに燃え尽きようとしておりますす白梅の、燃え残った一枝をつかみ取ると空に舞い上がり、火の山の向こうにある、まだ土と岩だけの山の頂《いただき》に刺すと、そこに目印となるよう岩を一つ置きました。

燃え盛る山と丘では大神様が雨雲を呼び、それは集まるとやがて雨が降り注ぎました。が、時は既に遅く、山は木々の半分以上を焼いてその後もくすぶり続けました。そうしてこの煙はしばらく山を包んで漂っただけでなく、風に集まり、黒い雲となって西へと流れていきました。長い尾を引きうねりゆく、その姿はまるで大蛇の這《は》うようであったと言われます。やがてそれは隣の山をぐるりと巻いてしまいましたので、以来この山は「黒曇山」と呼ばれて、年中黒い雲の掛かった不吉な山となったのだと申します。

そしてまたこの山火事で体を焼かれた木は、まるでその恐ろしさを忘れられないかのように、何度新葉に生え変わろうと、やがてはそれが焼かれたような枯葉となって落ち、哀れな姿を晒《さら》す落葉樹となって今に至るのだと言われます。幸い燃えずに済んだ木の方は、一年を通して緑の本来の姿、つまり常緑樹として世に残りました。この時より木というものは落葉樹と常緑樹の二つに分かれたのだというお話でございます。

そして丘の上にありました梅の木も、紅梅だけは無事に残ったものの、白梅の方は燃え尽きてしまいましたので、これから長きにわたり、その姿はこの世から消えてしまったのでございます。

さて、このような出来事があり、このことに誰よりも強い衝撃を心に受けて我が身を恥じたのはあの秋神様でございまして、後悔と憔悴《しょうすい》のそれからをすごしておりました。しかし天に戻られた大神様は、春神様と共に秋神様もお呼びになり、どちらの神様にも一言のお叱りもなく、また何の責任もお問いなさらずに、こう仰《おお》せになったのでございます。

「このたびのことは、地上の庭の生き物の命と心を傷つけてしまうこととなり、そのことは誠にもって残念と思うておるのだが、元を正さばこれは全て、人というものを創りし時の我が考えの甘さによるものであり、このたびのことは自らへの大きな戒めと受け止めている。そしてこれが国造りへの試しの庭での成り行き、結果なのであれば、この悲しみを教訓として改め、これから行う全体への国造りによく生かすことにて償うべきであろう。

先ず、人はこれまでのように何不自由なく暮らせてはならぬ。我が申すのも何であるが、人の心は良きにも悪きにも思うた以上に働くようじゃ。然らば、人には生き物の長として、その成長のために、自ら働くことの中で、弱き者や他への思いやり、感謝の心を育て、さらにそれが他のために役立つことの喜びを知らば、これは誠の生きる喜び、つまり生きがいとなり、生きようとする思いを支える力となる。生きる中で、この生きがいという喜びを感じずして何の生まれた甲斐《かい》あってか、これが幸せの本当というものであろう。そうしてこれを同じくする他の生き物の魂と互いの命を尊重し、共に生かし合いながら暮らせるようになってこそ人としての完成、自立であると我は思うのである」

そして、天の恵みによって絶え間なく花が咲き、実ることで労することなく暮らせた島の環境を改めて、これからは、植物の開花と実りの期間を短いものとし、必要となれば地を耕し、種を蒔《ま》いて、自らが働くことによって暮らしの糧《かて》を得ねばならぬようにしました。その中でも最も大切な食糧として生活を支え、楽しみでもある酒造りの原料となっている、米を得るための稲作にはより多くの手間と働きが必要となるよう変えました。そしてまた、その他の生き物たちには、より素早く俊敏なる動きや力強さ、そしてよく利く目や耳そして鼻をそれぞれに与えてやることによって、簡単に他者に捕らわれることのなきようにとお変えになりました。

そうして最後に、全ての恵みの源である春と秋の二つの季節の前には、これより新しく冬と夏というこれまでより厳しい気候の季節を置き、その暑さ寒さに、凌《しの》ぎやすい春と秋への有り難さと喜びを改めて感じることのできるようにとお決めになりました。

この時を境《さかい》に、島の国（日本）は一年が春夏秋冬、四つの季節となって今に至るのであります。人々はそれぞれの季節を工夫して暮らし、それもまた味わい深く良きものとして生きていくようになったのでございます。

さて、このように地上の環境を改めることを決めた大神様は、前に控えております二人の神様にもこのたびのことを「代償を払っての大切な学びとし、これから先も末永くこの国を見守り、四つの季節を管理し、人々が生かされていることへの感謝を忘れて不正を働くことのないよう愛をもって見守ることに精進せよ」とお励ましになり、また改めて国の暮らしを司るようお命じになりました。

こうして神の庭での出来事に国造りへの教訓を得て、この後しばらく地上の様子を確かめた後、大神様たちはいよいよお試しの庭を越えて島全体へとあらゆる生き物たちを増やそうとお決めになりました。それから何度もの季節の巡りとともに生き物の営みの場をお広げになり、やがて島の国へと出来上がっていったのでございました。

とは申せ、これは神様の時間でのことにございまして、神様の一日は、下界の五十日にも百日にも値するとも言われ、国造りのために要した時間が実際にどれほど気の遠くなるものであったかなどは知る由もないのでございます。また、神様はこの長い間も、そしてこれより先も、この国と生きとし生けるものの全てを我が子のごときにいつも変わらずお見守りになっていらっしゃいます。

それからもうひとつ、お伝えしたときは秋の神様のことなのでありまして、秋の山で白鹿を失い、また始まりの山の火事に焼かれし木々の痛みを思うたびに秋神様のお流しになったその涙は、白い清らかな雪になったと言い伝えられております。その時はまだ冬という季節はなかったにもかかわらず、空から白いものが降ったそうでございます。これには、人ならぬ神のお心の誠実と純心、悲しみの深さを、見る雪に思わずにはいられません。

「さあ、ここらで今夜はおしまいだ。子供にゃあちょいと難しい神様のお話だったがにゃ、ここはにゃ、肝心にゃとこだよ」

おくじがニャに言うと、ニャは眠い目をこらえて聞いておりましたので、おくじは、

「おみゃあはにゃかにゃかいい子だにゃあ……」

とその小さい頭を撫でて寝かしつけてやるのでございました。

二　使命の旅へ

今夜もニャはおくじにお話の続きをしてもらいたくて、寝しなの毛繕《けづくろ》いが済むのを待ち構えております。

「さあて、お国造りから先のお話だったにゃ、あれからにゃあ長い長い時が過ぎてにゃあ、とは言っても今からすればずっと昔のことだよ」

第二夜のお話

それからのことでございます。

知恵と数に勝る人間は、次第に他の生き物との均衡《きんこう》を超え、自らの繁栄のみに数を増やし、その知恵もまた目覚ましい発達を見せるのでございました。

そして時は夢のごとく移り変わり、この頃の世の中にはもう都や村などができ、これに従い様々な仕事、地位といった身分の差に分かれて人々は暮らすようになっておりました。この人による環境の変化は、人同士と他の生き物との関わりに調和を失い、無理の生じてゆくものでして、またもや人の心は本来を忘れて欲、驕り、争い等良くないものに支配されてゆくのでございます。

この結果、生き物の頂点に立つ者が自然界を我が物のように振る舞うこともさることながら、それ以上に神様が最もお心をお痛めになられましたことは、人と人が争い合うことでありました。それは物に始まり、身分の上下、権力の座などへの執着、保身、欲得を求めて止まずに、これがやがて権力者の他を巻き込んでの争い、つまり人と国を治めるための戦というものにまでことを大きくしてゆくのでございました。これらは、多く人々の暮らしを脅《おびや》かし、その命までも失わせてしまうのでございます。

また、戦というものは、事あるごとに繰り返されて、尽きることもなく、何より世の中を乱し、人の心も荒《すさ》ませる、かつてない命の場の憂事《ゆうじ》にございます。この様をご覧になっておいでの神様も、このような人の不遜《ふそん》は目に余り、その目を覚まさせんとしてたびたび地震や台風などの災厄をお与えになりましたが、下界の乱れは一向に改まる様子もなく、ついに神様は、これまでにない試練を人にお与えになったのでございます。

それは一年ほど前からでございました。大きな台風の襲来をきっかけにして、天変地異が相次いだことから至るところで洪水や飢饉《ききん》が起こり、人々はこの世の終わりかと思うほど驚き、また苦しむことになりました。村々では、稲は腐って田畑も枯れ、さらに都では質の悪い疫病まで流行《はや》り、その恐ろしい勢いは留まることを知りませんでした。

このようなかつてない国難に、国を治める都では、帝《みかど》をはじめ国中から集められた学識ある者、祈祷師《きとうし》、陰陽師《おんみょうじ》などが「天の怒りのごとき一大事を鎮《しず》める手立てはないものか」と昼夜を問わずひざを突き合わせ、知恵を絞ってみたのではございましたが、これは天よりの戒めであり、その差配するところの自然を前にしては人智などの及ぼうはずもなく、ただただ日々祈るばかりでした。

そんなある日の宵のことにございます。たび重なる論議の疲れから、一人の陰陽師がついうたた寝をしておりましたところ、その夢の中に「帝の館の中庭に植わっております紅梅の木でございます」という美しい女が現れ、その精は長い話をしてゆきました。

この都を西へ西へと行くと、その外れに山と小さな村があるのだが、その山は村人たちに「東の山、また、始まりの山」と呼ばれている。そして、その麓の丘には大変古い梅の木があり、それは自分の母木である。

その母木が先頃伝えて参ったことには、村の裏山、つまり先に申した東の山とは、大昔、大火があったことによる因縁の邪気が未だにその山中を漂って離れず、近づくものを拒む恐ろしい山となっているのである。そのため、今は誰も踏み込むものはない。この禍《わざわい》というものは、東の山のみならず、その西向こうの山にまで及んだことから、この「西の山」と呼ばれる山もまた、年中黒い邪気の雲の掛かる不吉の山として人に嫌われることとなってしまった。仕方なしに超えねばならぬ旅人以外は山道さえも通わず、麓の木こりでさえも不要には入らぬのであって、ましてやその黒い雲を越えて山頂になど足を向ける者など誰一人とてないのである。

だが、なぜ母木が今このようなことを自分に伝え来て、またこれを貴方様にお伝えするのかというと、それは、これがこの世に住む皆様にとっても大事なことだからであり、今は一時も早く伝えねばならないからなのである。

さて大事なことの先ず一つ、先ほどまで申していた二つの禍の山のうち、黒雲の「西の山」の誰知らぬ山頂に、実はこの世にとって今こそ大切なものとなるであろう物があるのだが、その命の灯《ひ》が今にも消えようとして助けを求めているという。大切なものとは、世にも珍しい白い花の咲く梅の木である。

これは、この世の始まりと共に「木」というものが生まれし時に、今世の中にある紅梅と、元は一対の木としてあったものであり、神はこれを特に愛でられて、始まりの山裾の丘に植えられていた御神木なのであった。だが、残念ながら禍の山の元となった大火の際に、この白梅だけが焼失し、以来この世には存在せぬものと思われていた。これが実は、奇跡的に命を繋いで西の山の山頂に生き残っていたのだ。

しかしながらその命が、近年のたび重なる天変によって長い間を生き抜いた力が衰え、加えて先の嵐《あらし》の際の落雷によって哀れ真二つに裂けてしまったことから、その命も今や風前の灯火《ともしび》となっていた。だが幸いなことに、辛《かろ》うじてまだ残っている子株がいるため、これをなんとしてもお助け頂き、またこれを元の丘に戻してやってもらいたい。

そして次に、母木である紅梅が、丘の上で片割れであった白梅の帰りを待ちながら、長い間御神木の使命として守り来し神の場に、かつての社こそないものの今でも残る石の祠《ほこら》の中の御神体をお守り申し上げている。その御神体とは、この世の全てを現し、守る神に通ずるものである。

丘の上に再びその社をつくり、石の中に眠る御神体に光を当てて祀り、さらにその前に御神木である紅白一対の梅が揃うたなら、御神体の神に通ずる力は甦って神のご加護を呼び寄せ、必ずや、此度の国の禍から人々を救う道をお開きになるだろう。なれば是非とも梅の丘の上に神の社を再建して頂きたいとお願い申し上げる。

紅梅の木の精は、この言葉と共に丘の上に立つ一本の紅梅の古木と小さな祠、そしてその後ろに控える山の景色を陰陽師にありありと見せて、また次のことを伝えました。

最後にもう一つ大切なこと、これまで申した白梅の救済と社の再現、つまり先ず白梅を山の頂から取ってくることから始まるこの役目は、このことを使命として生まれておる者でなければ成しえず、必ずこの者が行うこと。

してその者とは、西の山（黒い雲の山）の麓にて、木こりと百姓を生業《なりわい》とする家の子として暮らしている兄弟なのであり、今や立派な若者に育っている。そして既に、二人ともこの使命のあることを知っているので、この者たちであれば必ずや神のご加護を受け、役目を成し遂げて山の因縁《いんねん》を解き、またこの国の災難からも人々を救う導き手となろうぞ。なお、その家には目印としてたくさんの梅の木が植えられている。

母木の伝えてきたことを聞かせ終えると、庭の紅梅の精は、こうも仰せになりました。

わたくしがこれを貴方様にお伝えできるのも、貴方様が誰よりも物事をお悟りになるご心力をお備えの方と見込んでのことであり、何卒《なにとぞ》お聞き届けのほどよろしくお願い申し上げる。この先は、またお伝えすべき時が参りました時に……としたい。では、またまいる。


そして、これだけ言うと、後ろに遠のいて消えたのでございました。

はっとして目覚めた陰陽師は、紅色に美しき衣の梅の精の姿の生々しさに大そう驚き、(これはきっと神の使いよりの正夢《まさゆめ》に違いない)と思い、あくる朝早く帝のもとへと馳せ参じ、昨晩見た夢のことを詳しく申し上げたのでございます。すると帝は、

「このような困難に際してそのような夢を見るとは、何という不思議なことじゃ。これはきっと、人の手に余る事態に悩み入り、なすすべもない我らに、今まさに神より差しのべられし救いの手に違いないと我も思う。何にせよ、今は他にない唯一の救いの知らせと思うて、すぐにでも実行にうつさねばなるまいぞ」

と仰せになり、さっそく次の日にその西方にあるという「東の山（始まりの山）」とやらへ向けて使いを出してみました。すると陰陽師の夢の通りに、その山も丘の梅も見つかりましたことから、帝は早速村人たちに神社建立《こんりゅう》のための仮の住まいを建てさせ、その後その命によって都より優れた宮大工たちをお送りになり、神社の建立に取り掛からせました。さらに、夢を見た陰陽師とその弟子たちも送り込まれまして、此度の一連の役目遂行を任せられたのでございました。

＊

さて、このような出来事のございました年から、時を遡《さかのぼ》ること三十年前のことにございます。

村人たちに「黒雲山《くろくもやま》」と呼ばれる山（西の山のこと）の麓に小さな村があり、そこに代々梅の木を好んで植えて、大切に育てております家がございました。そしてある晩、この家の女親の夢に美しい花の神様が現れて申します。

「わたくしは、天界の花園より参りし神の使いなれば、これから申すことをよくお聞きなさい。この家の者は、先祖代々梅を大切にし、物の命を大事に思う真心をもって育てしこと、まことに感心なり。然ればこれを神様も常々お喜びであり、此度《こたび》はこの家に褒美《ほうび》をお与えになることとなった。

その褒美のひとつは梅である。この梅の木は、あることが起因になり、子孫を残さんと思うあまりに、決して食われまいとして実は固くなり、甘くもなく、それにまた毒までも含んでいることから、これまでは何の役にも立たぬものと思われてきた。しかし、じつはそうではないのだ。

梅の実が良い香りの立つ頃にこれを大事に摘み取り、清らかな水にて洗った後、雨に当てぬよう陽《ひ》に晒し、皮のよく乾くほどに一日二日干したならば、これをまた深い壺に海の塩にて漬け込み、陽の光と塩によって浄化すれば、その毒気はすっかり抜けて、梅の色の変わる頃に、何年経っても決して腐らぬ重宝な果菜となり、さらにこれは万病に効く薬ともなるので、この後これを人のために役立て広めなさい。

そしていまひとつの褒美であるが、これは大切なことじゃ。この家に次の代にお前の孫として生まれるであろう二人の男の子は、成長した後に世のため人のためとなる大事な使命を生まれながらにして持つ神の約束の子であるのじゃ。お前はこのことを決して忘れぬようにし、また次に言い伝えて、この子らを立派に育てることをこの家の使命と心得るように」

この家には、そのお告げの通りに、跡取り息子夫婦に二人の男の子が生まれました。家の

者は、使命に恥じぬ者となるようにとの願いをもって二人を育てましたことから、その甲斐あって、話は戻り三十年の後、先ほどお話しいたしておりました国難の最中である年には、十九と十七歳の立派な若者に成長していたのでございます。

さて、あれから帝の命を受け、都より西はずれの村にはるばるやって来た陰陽師の一行は、村の長老から東の山にまつわる言い伝え等を聞いた後で、その長老さえも樹齢は知らぬという梅の木が植わる丘、都人のための仮住まいの建てられた丘に案内されました。

陰陽師は、その光景が、まさにあの梅の精の夢で見たそのままであることに先ず驚かされました。更に、梅の木の傍には陰陽師が神の気を感じる石の祠も見つかり、改めて目にするこの真実に身震いするほどの感動を覚えました。

次の日には弟子たちと共に身を清め、白装束《しろしょうぞく》に身を包んで丘の祠に参りました。祠を開いて素手を触れぬよう慎重にご神体なるものを受け出すと、白布に包んで仮屋敷に運び、その神棚の桐の箱に収めて祀ったのでございます。

そのご神体がいったい何であったのかをお教えいたしますと、それは古びてはいたものの今なおご神聖の輝きを失わぬ美しき鏡でございました。陰陽師はその身に眩《まばゆ》いばかりの神の気を感じて、（これぞ正しく梅の精の言う、神の残せし宝物に相違ない）と確信したのでございます。

丘の上では着々と社の建立作業が進む中、いつしか梅雨《つゆ》も明けたのか裏山の上に夏の雲が湧き上がるようになりまして、するとその頃陰陽師は、再びあの梅の精が夢枕に立つ姿を見て、前の夢の続きを次のように伝えられました。

「陰陽師殿、いよいよ白梅の子株を助けに参って頂く時となった。然《しか》らば、ここ来られた貴方様のお弟子の中より、このお役目に相応しいとお思いになる方を二人選んだうえ、できうる限り早々のご出立《しゅったつ》を願い申し上げたい。しかしながら、西向こうの村へ行き、梅の家の若者と合流して梅を持ち帰るためには、どうしても二つの山を行き来せねばならぬ。貴方様はもう既にお気づきとは存ずるが、いずれの山も悪《あ》しき念の漂う恐ろしいところにて、いったい何があるやも知れぬと誠に気に掛かり、旅の者の身が案じられてならぬが、誰かにこの役をお願いせねばならぬ。どうぞ旅に出る方々には、山中ではたとえ一滴の水であろうと、その山のものは一切口にせず、何にも耳を立てることなく、できうる限り夜は入らぬようにとよくお伝え頂きたい。決して、たかが山などとは侮りませぬよう、くれぐれもご用心をお願いしたい。また、梅の家には、この使命のあることと、都より使いの参ることも既にその知らせは届き、承知しておる様子にて、これをご心配には及ばぬ。では陰陽師殿、これらのこと、何卒急ぎご遂行のほど、どうかよろしくお願いを申し上げる。それではまた参る」

次の日の夕方、陰陽師は夢から覚めてのち、梅の精の告げたことを一日考え合わせ、「成し遂げること」を念頭に置いた末に、ようやく役を担《にな》う者を決めました。

新入りの弟子の中から「義忠」と「清成」という若い二人を選んで呼んで、これまでのことの仔細《しさい》を話し聞かせた後で、「数日中に旅立ってもらえまいか」と尋ねてみると、正義感が強く、素直で血気盛んな若者である二人は、これを快諾して早速旅の準備に取り掛かったのでございます。

持参するものは、先ず何よりも、帝より西の村の村人に宛てた直々の書状と陰陽師よりの添え状の入った文箱《ふばこ》、二日ほどの食糧、水筒、替えのわらじに杖と、陰陽師の用意した身を守るための注連縄《しめなわ》等々でございます。そして何よりも忘れてはならぬものとして、陰陽師は、ここに来てから飼いならしております犬の「真白《ましろ》」を連れていくようにと申しました。

この犬は、都の一行が村に来た時から皆になついており、また村人たちにもよく知られている犬でした。まだ子供の頃に裏山から降りてきたようで、おそらく山犬の子であろうと言われていましたが、珍しく真っ白な犬であったことから、村の人々に大事にされて、人にはすっかり馴れておりました。

そして都からの者が来ると、いつの間にかその仮屋敷に居付いて、特に義忠、清成などの若い者に可愛がられておりましたもので、二人はこの旅の仲間をたいそう歓迎しました。陰陽師もまた、

「この旅は、何しろ人を嫌う邪気の山が相手、何の怪《け》に惑い迷うことになるやら。山で生まれ遊び育った真白であれば、必ずや皆を助け、良き道案内となるであろうからのう」

と言いながら、外に見える真白の姿に微笑《ほほえ》むのでございました。


さて、出発の朝となりました。二人の若者は前日より神に供えし注連縄を腰に巻き、真白はそれを首に巻き、旅の一行の元気な姿が揃いました。陰陽師は、

「よいか、山のものは何一つ、たとえ水一滴たりとも口にしてはならぬぞ。そこでは何を見ようと聞こうと、使命に向かうこと以外に気を取られてはならぬ。できうる限り日のあるうちに山を越えるようにな。そして、これは内密の急ぎ旅であることも忘れぬように。神のご加護を祈っておるぞ」

と言って、無邪気な目を向ける真白の頭を撫でました。

それから一行は、白梅を求める使命の旅へ夜明けと共に出発したのでございます。

進むにつれて、次第に明るんでゆく空の下、行く手に迫る山はその深い緑に何か不安の奥行きを見せ、これから来る者を拒むようでも待ち構えるようでもありましたが、足取りも軽快に少し先を行く真白は、二人を導いていきました。

やがて東の山（裏山）に入ると、そこはすぐに暗くなり、村人の話に聞いた通り、かつて神の山であったところが不吉の場に変わり果ててしまった薄ら寒い不気味が漂っていました。長い間人の踏み入らぬ山中は、木の枝が絡み合い、下草の背丈も伸びて茂って道らしきものなどどこにもありませぬが、それでも真白は獣《けもの》にしかわからぬような隙間《すきま》を迷うことなく分け入って進んでいきました。

一同は、大木が目立つところまで来ると、その辺りでいちばん古く大きく、地面から突き出た骨のような根が盛り上がって張った場所に腰を下ろし、その空間で一息ついて昼を取ることにしました。二人は真白に水を飲ませ、好物の団子や干し肉などを与えた後、水筒の水にて口を潤しました。

見上げる頭上は、空を突くような木々の遠くに木漏れ日がチカチカとするものの、それ以外の空気はどんよりと辺りを圧《あっ》していました。静かになって気がつくと、なにかが囁《ささや》いてでもいるような、また、鳥ではないものの羽音がどこからか聞こえるような気もしてみたり、音のない木の唸《うな》りを感じるようにも思えたりして落ち着かず、何となくよそ者への悪意に囲まれているようで、飯がのどを通りませんでした。

（さすがは、皆の言う通りに暗い邪気の籠《こも》る山じゃ……）と二人とも寒気がしていましたが、真白だけは平然と構えて尻尾《しっぽ》を振り、その姿にだけは唯一救われる思いがするのでした。

そのような真白に導かれながら、「山の中ではただ先を見て進むこと」と言った陰陽師の言葉を胸に進んだ義忠と清成の行く手にいつの間にか陽射しは傾いて、ようやく足元もなだらかに変わって参りましたので、二人は日暮れと麓が近づいていることへの安堵《あんど》に胸を撫で下ろしました。そして二人とも、これまでの山行きでは経験したことのない、歩くだけで生気をそがれるような暗く重苦しかった道程を思い返しておりました。

前方にうっすらと茜《あかね》の夕空が垣間《かいま》見えて、暗い洞窟《どうくつ》からやっと抜け出た思いに清成がほっとして後ろを振り返ると、後ろの暗がりはまるで手を伸ばし合う木の枝の中に真っ暗に閉じてゆくようで、その今にも引き戻されそうな闇の恐ろしさにぞっと身震いしたのでございました。

「さあ、急ごう、日が暮れるぞ」

義忠の声に、一行は夕陽を追うように先を急ぎ、黄昏《たそがれ》に間に合って麓へとたどり着きました。やがて足元が白い石の河原になって、目の前に開けた川の夕景は、山あいを茜色にゆったりと流れて、豊かな水音を立てながらその水はみな底を蹴り上がり、鱗様《うろこよう》に盛り上がって重なる波濤《はとう》が美しい夕日にキラキラ煌めいておりました。一同のようにようやくここにたどり着いた者にとって、それは、生きていることの流れのようなのでございました。

辺りが暮れると共に、ただ一つ灯る明かりが目に入ると、そこには清流から離れて小さな小屋が立っておりました。それは山越えをする旅人のための宿のようで、一行が訪ねてみると、中から中年寄りの小屋番らしき男が戸を開けてこちらを窺《うかが》っております。

「今、東の山を越えて参った旅の者だが……」

義忠が宿を頼むと、少々驚いた様子を見せたものの、二人の身なりを見てようやく安心したか、

「そうでございますか……、ではどうぞ中へ」

と言って一同を迎え入れました。そして湯を掛けてある炉端《ろばた》に案内し、真白を見ると、

「これはまあ、人に付いて犬が旅するとは何と珍しい、さぞや賢《かしこ》い犬なのでございましょうなあ」

と笑い、冷ました湯をなみなみと注いで真白の前に置きました。そして義忠と清成には、

「この龍川《たつがわ》の水は、心身ともに蘇る特別な水にございますれば、皆様の旅のお疲れも取れましょう」

と言って熱い白湯《さゆ》を出したのでございました。

夕餉《ゆうげ》を済ませた客に、

「お二人は本当に、あの東の山を越えておいでになったのですか？」

と確かめるように申しますと、小屋番は次のようなことを語り始めました。

「わたくしも長い間ここで小屋の番をしておりますが、まだ一度もあの山を越えて来たとか、これから行くという者には会《お》うたことがないのでございます。川の向こうの西の山の麓の村から都へ行き来するためには、ここから川沿いの安全な道を何日もかけて下り、そこから都に続く街道を通いますので、東の山などに向かうものはおりません。ですからその麓の村などは、今はもう隠れた里になっておりまして、そこからも誰一人とて参ることもないのです。ただ、ずいぶん前に親がその村の出であったという者が泊まりまして、その折に聞いた話に

よると、村の言い伝えにてあの山は、この世にある木というものが初めて生えた始まりの山であるとかで、それが何かの禍でもあってか、いつの間にか入ってはならぬ恐ろしい山となってしまい、今はもう猫一匹近寄らぬということにございます。ですからわたくしも皆様のように東の山を通って来たなどという方をお迎えするのは初めてのことでしたので、お二人を見たときは、これは誠に人なのかどうかと疑ったほどでございましたよ。よくご無事でお越えになったものですなあ……」

言葉を切り、小屋番が義忠と清成の腰の注連縄に目を止めるので、義忠が答えます。

「我らは都より東の山の村に来て神事に携わる主の手伝いをする者にござる」

「ああ、さようでございましたか、そんならご無事に済みましたのも無理もなかろうかというもの、よろしゅうございました。で、この後はやはり西の山へ向かわれますので？」

「ああ、初めて行くのだ」

そう答えると、小屋番は西側に開いた小窓から見える黒い山の影を見やりました。

「そうでございますか……。明るくなるとおわかりになると思いますが、あの西の山も年中黒い雲が掛かっておりましてなあ、皆は黒雲山と呼んでいるのでございます。その雲は、今越えて来られた東の山のあの悪い気が移ったのだと言われる恐ろしい禍の雲、不吉の雲と言われまして、越える者はそれをよけた下の山道だけを通うことになっております。山道の途中には東側と西側の二か所に山頂へ続く道があるにはあるのでございますが、そこから上へは誰も登る者もなく、また行ってはならぬということで、とうの昔から縄が掛かっております。それに、もし登ったところで、降りてくる者も決していませんでしたので、それより上を知るものは誰一人としてないのです。そのうえ、旅の人の話によれば、山道とはいえ日暮れになると大きな山犬が出て、人を襲うことがあったり、恐しき土砂降りに出会《お》うたり、怪しい霧《きり》が出たりすることもあるらしく、中には途中で山の上から不気味な声を聴いたなどと噂話をする者までおりまする。一体何なんでしょうな、とにかく用もない者が通う道ではございません。こんなことを皆様にお聞かせしては、知らない人を脅《おど》すようで申し訳ないとは思いながらも、ご無事にお越え頂きたいと思うて年寄りがお話し申しましたこと、どうぞ荷物にならぬご用心話と胸にお留め置きくださいまし」

その後で、話が龍川のことに及びますと、小屋番は、

「この川もまた、不思議な言い伝えのある川でございましてな。その昔、この地に神さまがおいでになりました時に、お乗せしてきた龍が休んでおった跡が川になったということで、いつしか人はこの川を龍の川、龍川と呼ぶようになり、昔からそうして親しまれておるので

ございます。それに何よりも、先に申しましたように、この川の水を飲めば元気が出、傷を洗えば治りが早く、病《やまい》にも効くということで、わざわざ汲みに来る者もおりまする。そのお陰でわたくしもこの通り、年中風邪《かぜ》ひとつひかぬ息災者にございます。それにわたくしの知る限り、川は涸《か》れも濁りもせず、どんな大雨の時にも溢《あふ》れたことがございません。ほんに、神さまの天の川にでも繋がっているのでしょうかな……」

と言って笑うのでございました。

その夜、義忠と清成は真白を間にして休みながら、小屋番の話などを思い、いかにも予見の利かぬ西の山や、どう転ぶかわからぬ旅の行く末を案じながらも、「なれど、どうしても無事に帰りつかねばならぬぞ」と明日に向けて気を引き締め合いました。

全てを新たなものにするという清流の音に夜が明け、小屋番の申した通りに昨日の疲れのすっかり取れた義忠と清成は、その龍川の水を水筒いっぱいに汲んで旅支度を整え、小屋番には心地良い宿への礼を申し述べました。すると小屋番は、

「これから西の山の山道に出なさるなら、川を渡った後、右へ右へとお進みなされ。左に向くと近いようにも見えますが、それはやがて谷沿いを歩くようになり、岩が多く足元が悪く、かえって時を要することになりましょう。右に向かえば、じきに見えてくる吊り橋を渡って、

その先道幅が広くなればそこがもう山道なのでございますよ」

と言うと、「旅の守りに」と自らがこの川の流木より彫ったという小さな龍を差し出しました。

「このような物ですが、龍神様のご加護がどうぞ皆様にございますように、無事のお帰りをお待ち申し上げております」

その思いがけぬ餞別《せんべつ》に二人は胸を熱くし、清成がこれを受け取って懐にしまいました。心からの礼を述べ、清らかな流れの際に笑顔で立って頭を下げる小屋番に見送られ、いよいよこれから向かう山を仰ぎ見れば、そこには不安の雲が掛かって、恐れ知らずを待ち構えている魔物のごとき西の山が聳《そび》え立っております。義忠と清成は、もう先に待っております真白の健気《けなげ》な姿に、（真白にとってもおそらく初めての山、きっと無事に連れて帰らん）と心も新たに歩きだすのでございました。

山道への登りは、小屋番の申しました通り、右へと登るその道がやがて吊り橋となり、これを過ぎるとそこはすぐに人の通う山道でした。しばらく行くと、話に聞いた山頂への分かれ道が見え、そこは道の両端の木に綱を渡して厳重に閉じられておりました。

二人は山頂に上る道に近づいて垣間見、その行方を視線で辿り上げて行くと、急な登りは

心細く続いて、その先は別世界の靄《もや》に消えてしまっていました。義忠が、

「無事に事が済めば、我らはまたここに降りてくることになるのであろうのう……」

と言うと、清成もしっかりと頷いて、一行はまた谷川のせせらぎを聞く道を歩いていくのでした。

それからどのくらい経った頃でしょうか、先を行く真白がしきりに辺りを窺うようになり、時折何もいない草むらに向かって唸り声をあげたりしておりました。それと共に霧が立ち始めると、それは次第に濃さを増し、終いは真白さえ先に進みかねるようになってしまいました。

一行はやむを得ず立ち止まり、傍にある杉の大木に寄り掛かると、「しばらく真白を休ませてやろう、腹も空いた」と昼をとることとしました。真白には干し肉と水を与え、小屋番からもらった菜飯などを皆で分け合って休みながら、山道に見通しがつくようになるのを待ちました。

しかし、深い霧は一向に晴れる様子もなく、また風さえ通わぬ生憎《あいにく》の模様に、そのじとじと生暖かく湿った空気が思わぬ疲れと眠気を誘うと、二人の意識はその霧の中へと溶けていってしまいました。

さて、それからどれほどの間眠っていたものか……。清成は、膝《ひざ》を掻く真白の手にはっとして目を覚まし、（しまった）とばかりに飛び起きました。慌てて義忠を揺り起こすと、義忠もすっかり驚いて、

「これは何としたことか、こんなところで眠っておったとは……」

と辺りを見渡しました。

既に霧は晴れ、真っ直ぐに山道が見えております。

「これはいけない、すっかり時を無駄にしてしまった。さあ早く参ろうではないか」

二人は急いで支度すると、もう先に立ちこちらを振り返って待っております真白の後を追ったのでございました。

行く手にはもう既に傾いている陽射しが目に入り、日暮れの気配にせかされる二人は足早に道を急ぎます。ようやく山道は麓への下り坂となってまいりました。ですがほっとしたその矢先、真白が急に足を止めると低く唸り、同時に山の上からは笹音《ささおと》が立って、何かが駆け下ってくる様子ではございませんか。それは真白の吠《ほ》える声と共にすぐそばまで来ると、勢い良くザッと飛び出しました。

何とこれは、真白よりも二回りは大きな山犬でございまして、どす黒いねずみ色の顔が目

鼻に皺《しわ》を寄せて恐ろしく唸っているのです。真白はそれでも毛を逆立てて盛んに吠え立て、二人も杖を振り上げて脅してみせましたが、敵は益々獣の牙《きば》をむいて、何の動じる様子もありません。

(しまった、もうこ奴らの出る逢魔《おうま》が時《とき》なのか。話には聞いておったが、それにしても気の早い奴、干し肉の匂いでも嗅ぎつけたか)

どうにも引き下がらぬ山犬に、義忠と清成は石を拾うと、その赤い目を目掛け何度も投げつけてみました。すると一瞬敵は怯《ひる》み、そのすきに真白が山犬に飛び掛かりました。二匹は揉《も》み合《あ》い、一回転したと思うと、どうしたわけか山犬の方が尻尾を巻いて茂みに逃げ込んでしまいました。しかし真白はそれを更に追い、それから山をどこまで行ったのか、笹の音と共に遠のいて気配は消えてしまいました。

その後、二人はしばらくの間真白の名を呼んでその帰りを待っておりましたが、いくら待っても帰る様子はなく、そのうち山の中は益々暮色を濃くし、多くの山犬たちの遠吠えまでが聞こえてまいりました。義忠はついに決心すると、

「清成、我らはまだこれから急ぎの大事のある身にて、真白のことは誠に可哀想であり、わしとて後ろ髪を引かれる思いではあるのだが、いつまでもここにこうしてはおれんとは思わ

ぬか、ここは一旦諦めて先を急がねばならぬぞ」

　と言いました。清成は、

「ここまで来ることができたは真白のおかげじゃ……、それをここで置いてゆかねばならぬというのか……」

　と押し黙り、しばらく目を閉じておりましたが、やがて拳《こぶし》をぎゅっと握りしめ、

「大義にはどうしても勝てぬのか」

　と悔しがって言いました。

「何、真白なら山育ち、それに神様もきっとお守りくださる故、大丈夫に違いない。それにぐずぐずしておってはまた奴らの仲間が来て、そうなれば何のために我らを庇《かば》ってくれたのか、真白に申し訳が立たぬではないか」

　ようやく二人はその場から腰を上げ、清成は去り際に（せめて真白が戻って来た時のために……）と懐から出した団子を石の上に置くと、落日の山道を急いで下って行きました。

　麓の明かりを見た頃には、もうとっぷりと辺りは暮れていたのでございました。

「さあ、切りのいいとこで今夜はおしまいおしまい」

と、おくじが言うと、ニャは悲しそうな目を向けて、

「ねえ、真白は一体どうにゃったの？　もう帰って来にゃいの？　死んでしまったの？」

と心配します。そこでおくじは、

「それはにゃ、みゃた明日の晩のお楽しみにしとくんだよ」

と言ってニャを寝かしつけるのでございました。

三　黒雲山

お話は三日目の夜でございます。今日は朝から春一番が吹き荒れて、夜になっても止まず、おくじたちの寝床のある厨《くりや》の戸がコトコトと音を立てたり、外では境内の木々がザーザーと騒いだりするので、何となくこわいニャは、おくじの懐にピッタリと身を寄せて、あの山の中の真白を心配しながらその続きを聞くのでございました。

第三夜のお話

麓に降りて来た義忠と清成は、人家の明かりにほっと一安心すると、今夜の宿を求めて明るい方へと足を向けました。すると幸いなことにぽつんと灯《あか》りのともる一軒の粗末な家に行き当たりました。

「誰か居らん」

と、戸を叩《たた》いてみると、中から気のよさそうな主が顔を出しました。

「先ほど山から降りて来た旅の者なのですが、行き暮れて泊まる宿もなく困っておりまする。納屋の隅にでも良いので一晩お泊め頂けまいか」

義忠が問うと、主は、

「ここは炭焼きをするために泊まる仮小屋でございますので、手狭にて、お客様をお泊めするようなところでもございませんが、これから村人の家のあるところまでいくには遅すぎ、泊まれる家を探すのも難儀なことでございましょう、まあこんなむさ苦しいところでもよろしければどうぞおはいりください」

と答え、「今丁度一人で夕飯をとっていたところなので、もしよろしければ」と言いながら二人を囲炉裏《いろり》のそばに座らせました。

「村も今はすっかり食うものに困っておりまして、そのうえ今日は男一人でございますが」

と主は笑い、芋《いも》などの入った汁を出してくれました。義忠と清成は、その温かさだけにもほっと疲れがほぐれ、見ず知らずの者を快く受け入れる人の温かさが身に染《し》みました。龍川に続き、宿の主に恵まれるこの旅の有り難さを思うのでございました。

そして心安く話すうちに、「旅の友であった大事な犬を、山犬に出会《お》うたがために見失ったのだ」ということを話して聞かせると、主は、ため息をついて気の毒がりました。

「あの山の犬は人を襲うほどどう猛《もう》な奴らで、皆困っております。大抵夕方になるとどこかの巣から出て来て、山道の辺りを人目当てにうろついたりするものですから、旅人も木こりも鉄砲撃ちでさえ、日のある間しか山には入りませんな。何しろ大きゅうて凶暴でございますので、当たり前の犬ならかなわんでしょう。そりゃあまあ何ともご心配なことでございますなあ」

主が続いて村に来た用件を問うので、

「わけあって訪ねたい家があるのだが、この村に梅の木で知られる家はござらんか？」

と尋ねてみると、主は大きく頷きました。

「それはもう、この村の者なら誰でも知っている家でございますよ。村では誰からも信用のある旧家にございまして、代々受け継ぐ梅林に紅《あか》い花の咲く春が来るのを村の者も皆楽しみにしております。中には弁当持ちで花見しに行く者までおりまして、わしも何度か行ったことがございますよ」

そしてまた、

「そこをお訪ねになるというのなら、明日はわしも我が家に帰るつもりでおりましたし、ついでの用もございますので近くまでご案内いたしましょう」

とも言うのでした。

義忠と清成はこのように拘《こだわ》りのない明朗な主の人柄と居心地の良い囲炉裏端にくつろいで、横にはなりましたものの、夜も更けて静かになりますと、外から聞こえる風の音にも物音にも、もしや真白が来たのでは……と目が覚め、またその身が案じられて朝まで気の休まらぬ夜を過ごしたのでございました。

次の日、二人は早速炭焼き小屋の主に連れられて梅の家へと向かいました。明るくなってから見る村は、なるほど田も畑もすっかり枯れて、梅雨の後というのに緑というものがございませんでした。ですが、そんな景色の中で、唯一そこだけはこの世離れするかのように林の青が茂って見え、それが目的の家であると主は教えてくれました。

(果たしてどんな人が住んでいるのだろうか……)と思いながら、義忠と清成はそこで主に昨晩の礼などをよく言って別れると、真っ直ぐの一本道を梅の家やらへと向かいました。

家の前の林をぬけると青梅の清々《すがすが》しい香りが漂い、やがてそこに着いてみますと、近くで見る梅の木は新緑に鈴生《すずな》りの実を付けておりました。二人がその奥にある百姓家を訪ねると、奥からは慎ましやかな女房と思《おぼ》しき女が出迎えて、二人の姿を見るなり、

「まあ……、これはようこそおいでくださいました」

と言うのです。これには二人、顔を見合わせましたが、

「東の山の麓へ新しき神社建立のために都より手伝いに参っておる者だが、今日はそこからの使いで参ったのだ」

と伝えると、女はこれにもさほど驚いた様子も見せずに微笑み、

「もしやそうではないかと思いましたが、やはりそうでございましたか。お待ちしておりました、さあどうぞ中へ」

と家の中に通すのでございました。初めて会《お》うたこの女のこの様子を二人はいよいよ不可思議に思いながら、案内された梅林の見える座敷に座ると、女は間もなく白湯を運んできて、こんなことを申したのでございます。

「先ほどは驚かれたことでございましょう。今初めてお会いした方にこのようなことを申し上げるのは誠に妙ではございますが、どうかお許しになってお聞きくださいまし。わたくしどもはご覧の通り、代々梅の木を育てておりますが、そのご縁と申しますかご利益《りやく》とでも申

しましょうか、我が主の今は亡き母のまだ若き頃、その夢枕に『尊い神様のお使い』とおっしゃる美しい方が立たれて、二つのお告げをなさいました。

その中の一つに、『一代先にこの家に生まれるであろう二人の男の子は、生まれながらにして大事な使命を持って生まれる神の申し子にて、そのつもりで育てるように』という仰せがございました。

この後、そのお言葉通り、主とわたくしは二人の男の子にめぐまれまして、今は十九と十七になっているのでございます。上の子はその名を竜太郎《たつたろう》、下は梅次郎《うめじろう》と申しまして、おかげさまにて兄弟とも私どものような親には過ぎた若者に育ってくれましたので、その成長した姿を見るたびに、この子らの使命とは一体何であろう、またそれはいつのことになるのであろうかと思い、暮らしていたのでございました。

それがつい二日前のこと、弟の梅次郎が、『東の方から山を越えて私たち兄弟を迎えに、二人の人がやって来るようですよ』と突然申したのでございます。実はこの子は、幼き頃より何事にも誠に敏感なところがございまして、何日か先の天気や次に起こることといった少し先のことがわかる天性を授かっているようでございます。その子が、誰かが訪ねて来ると言うと、家の者もすっかりそのつもりになって、さてどのような方が来られるのであろうかと思いながらお待ちしておりました次第。それ故に、先ほどは初めてお会いするなり、ついあのような失礼なご挨拶をしたのでございます。どうぞお許しくださいませ」

これを聞いた義忠と清成は、旅立つ前に陰陽師が「訪ねる先では、既にこのことを承知しておるそうな」と言ったことが今ようやく納得され、（さても、神の差配というものにはぬかりなきことなり）と、その不思議を思わずにはいられなかったのでございます。

それからしばらくして、表から元気の良い男の声が聞こえてきました。女が迎えに出てその声の主たちが客の座敷に姿を見せると、家の主である者は誠実、穏やかそうにて先の女房殿とは釣り合いの良い夫婦と見えました。しかし、義忠も清成も、その後に続いて入ってきた二人の若者の姿には大そう驚かされました。と申しますのは、その兄弟があまりにも違っていたからなのでございます。

同じ親の子であるにもかかわらず、一方は大きく逞《たくま》しい体に浅黒く凛々《りり》しい顔つきをしていて、もう片方はというと、その肌は陶器のごとく抜けるように白く、また整った美しい顔立ちとすらりと線の細い優しい体つきをしていたのでございます。いずれもそれぞれが人品《じんぴん》卑《いや》しからず、このような小さな村で育ったとはとても思えぬ、都にも稀《まれ》なる若者でございました。

義忠と清成はこの二人に感心してしばらくの間見比べておりましたが、主が席に着くと、この家を訪ねた用件などを伝えると共に、持参してきた大事な文箱より二通の書状を取り出して主に手渡し、これまでの経緯《いきさつ》を申し伝えました。

家の主は温厚で落ち着きのある男のようであり、また村人には珍しく文字にも明るいと見えて、書状を押し頂いて丁寧に読むと、都よりの使者への礼を申し述べた後で、義忠と清成にこのように申しました。

「ご書状に対しまして、わたくしから申し上げたきことはまた後ほどに……ということにさせて頂きまして、先ずお二人には旅のお疲れを癒《いや》されますように。とは申せ、このようなむさ苦しい住まいではございますが……。どうかご辛抱《しんぼう》頂いて、しばらくお泊まりくださりませ」

夕餉の後、青葉の林から風の通う静かな座敷にくっきりとした涼月が昇ると、主が兄弟を連れてやって来て、改めて客の前に座り、やや引き締まった顔つきになってこのように言いました。

「先に家内からもお聞かせ申し上げたように、私どもは梅の木とのご縁から、神より授かりし使命を持つ子を育てさせて頂く役にあると親の代から信じ、本当に子らが生まれてからはなおよくこのことを承知して二人を育ててまいりました。また、このことは竜太郎も梅次郎とも子供の頃からそれとなく聞かされて育ち、大事な使命に恥じぬ子になれよ、ということが我が家一同の願いとなって参りました。

この念《おも》いあってか、二人の子にはこれまで何事もなく、幸いどちらも良い若者に成長してくれましたので、わたくしも家内もほっと胸を撫で下ろして嬉しく思っておりました。ところがその矢先、ご承知の通りの天変地異が相次ぎ、村も洪水と日照りの繰り返しに田畑は荒れ、また地は揺れて家が壊れ、どの家も只今はひもじく苦しい日々を耐えねばならなくなりました。そのうえ、都では戦に加え、飢《う》えや質《たち》の悪い疫病《えきびょう》による死人が絶えないという噂がこのような村にまで聞こえてまいりまして、このままでは一体世の中はどうなってしまうのかと思う毎日でございました。

と、そんな時に、下の梅次郎が、兄と自分を東の方より迎えに来る人がある、と申したのでございます。わたくしは、もしや、我が子たちの使命とはこの時のためにあったのではないか、今こそ世の中のために何かをせよということではないか……と考えさせられておりましたところへ、こうしてお二人が御書状を持ってお見えになったのでございます。

このたびは恐れ多くも帝よりまさか直々の御書状を頂戴し、我が子には身に余るお役目を拝命し、私どものような家にとりましてこの上ない誉《ほまれ》であると誠にありがたく思うております。しかし、そう思う一方で、どこにでもある親としての本心を打ち明けて申しますと、この使命のために、あの誰も行ったことのない恐ろしい言い伝えのあるところへ我が子をやらねばならぬのかと思えば不安は極まりなく、また、命に関わることにもなりかねぬとも思えて、とても親の口から『何としても行け』などとは申せませぬ。しかも、大きくなったとは申せ、まだまだ未熟者である若い二人に、そのような大役が務まるかどうかも案じられまする。そこで、もしお許し頂けますものなら、この役目、お受けするや否《いな》やは本人自らに決めさせてやりたいと思うのですが、如何《いかが》でございましょうか」

義忠、清成が改めて父親の後ろに控えている兄弟に目を向けてみると、確かに立派な若者に成長してはおりますものの、まだどこかあどけなさの残る年頃にございます。義忠、清成とてまだ先を思い描くことの多いものを、それよりも若く先行き夢多かりし者に、たとえ神との約束とはいえ、自らのこれから、命の使い方は自らに決めさせてやりたいと思うは無理もない親心。そこで義忠と清成は、じっと話を聞いておりました二人にその意向を確かめてみますと、兄弟は意見を揃え、兄の方がこのように答えました。

「二人とも村で育ち、まだ世の中など何も知らぬ未熟者にございますが、もしかすると神さまは、そのような者になればこそできる使命があるとお思いになられて今の私たちにお与えになられたのやも知れませぬ。それにまた、幼き頃より二人して『大きくなって、その時が来たなれば、互いに力を合わせ頑張ろうぞ』と心に誓い合って参りました。やはりこのお役目、今こそ私どもは有り難くお受けして、是非皆様と共に、その使命の旅に参らせて頂きたいと思っております」

これを聞いて義忠も清成もまた感心し、『姿かたちだけでなく、若くともさすがは神の選ばれし魂の子よ』と嬉しく、また頼もしくも思えるのでございました。

さて、こうして兄弟の決意が決まればなるだけ急がねばならぬこの旅、それから僅《わず》か二日のうちに旅支度をすませますと、出発を明日に控えた日の夕餉の後で、主は旅立つ一行にこのようなことを話しました。

「東の山のことは、この村の者が知る由とてありませぬが、西の黒雲山のことについて年寄りから聞いた話によると、あの山は遥か昔隣の東の山に何かの禍があった時に、その邪気というものが雲となって流れ来て、あのように巻きついたのだということでございます。以来、人の知る限り一度たりとも晴れたことがありませぬ。そしてその黒い雲に近づくものは皆命を落とすとも言われて、あの山犬でさえも近づこうとはせぬようです。

既にお二方も山道を来られる途中にお気づきかと思いますが、西側と東側に頂きへ登る道がございまして、そこは昔から立ち入らぬように綱で閉じられております。それでも前には登って行った剛《ごう》の者もあったとは聞くものの、帰った者は誰一人としてなく、やはり昔からの言い伝えは本当のことだと未《いま》だに人は信じているのでございます。自分もそう言い聞かされて育ち、これを特に疑うこともなくこれまで来ましたが、今となりましてはこのような言い伝えなど、ただの伝説に過ぎぬものであればいいと思うのでございます。

ともあれ、あの登り口を行った先がどうなっているのかを知る者はおらず、ましてやその上の頂上の様子など鳥でもない限りわからないのでございますが、自分が麓から窺ってみるに、あの高さなれば頂上までを登り、また降りてくるのにはおそらく一昼夜を要するであろうかと思われまする。夜明けと共に出立して、何事もなければ夜は山頂に泊まり、翌日の日暮れには降りてくることになるのではないでしょうか。

また、山頂は白く、岩肌になっているようなので、それに備えて、長くて丈夫な綱、楔《くさび》、鉈《なた》、それに梅の株を掘るための小鍬《こくわ》、また背負いなどを用意しておきました。せめてそれくらいのものは持って行ったが良かろうと思いまする。自分も山登りについては詳しくないので、これくらいしかお伝えできることがなく、申し訳ないことでございます」

そして最後に義忠と清成の目を見て、

「義忠様、清成様、どうぞこの竜太郎と梅次郎のこと、何卒よろしくお願い申し上げます
る」

と言いながら深々と頭を下げるのでございました。


いよいよ出発の朝、一同はまだ夜も明けやらぬうちに起きて旅支度を整えました。母親は出がけに、この日のために取りおいてあった米で作った握り飯に、我が家の秘伝の品という梅の実の塩漬けを添え、

「これは万病に効く薬にて旅の役に立ちましょう」

と言って皆に持たせ、子供たちの顔を眺めながら、

「必ず無事に帰って来るのですよ」

と、目頭を拭《ぬぐ》うのでございました。

それから梅林の先にまで見送りに出た父と母、そして幼いころからその下で遊び、見守られてきた梅の木たちに見送られ、竜太郎と梅次郎、それに義忠、清成の四人の若者の旅はこ

こから始まっていったのでございました。

それは梅林の緑の風もそよぐ文月《ふづき》半ば、爽やかな朝であったのでございます。兄弟は、常日頃より父親と共に西の山の山道に出入りしており、そこまでの道のりには慣れていたため、田畑の一本道を真っ直ぐに行くと直ぐ山道に上がり、昼前には山頂へ向かう登り口との分かれ道まで達しました。けれどもここは一区切りとなるところ、誰も行ったことのない山頂への登り道に近づいて、山道との境から先を見上げてみれば、その行方は人を拒んで薄暗く、別の時間が流れているようでございます。寒心《かんしん》と不安で、これからすぐに先に進む心構えも何とはなしにつかぬことから、一同は少し早いが一旦休んで昼をとることにいたしました。

清成は道端の石に腰を下ろしました。来る途中にあった見覚えのある石の上に、真白のためにと置いた団子のなくなっていたことが思い出されて淋しく、折角の白い飯にも食欲がわかずにぼんやりしておりました。

一方で竜太郎などは、親の心づくしの特に大きな握り飯をどんどん頬張って、その屈託のない笑顔が初夏の木々から差し込む爽やかな陽射しのごとく一同の気持ちを明るういたします。梅次郎もまた、

「兄様は、良くも悪くもよう腹が空きまする」

などと言って、その場を和ませるのでございました。

腹ごしらえと次への心の準備を済ませた四人は、気力も新たに、さあここからとばかりに意を決し、境の綱を越えると、いよいよ禁足の場へと足を踏み出します。道幅のないやや急な登りは、進むほどに心細く狭まってゆき、やがては下草に紛《まぎ》れてしまいました。人の入らぬ山道というものは、どこも同じに踏みどころなく笹などが茂り、ほんの隙間を行く獣道になってしまいます。しかもここは、それを右へ左へと蛇行《だこう》しながら登らねばならぬ急勾配《きゅうこうばい》なのでございました。

義忠と清成は、木の間を笹の茂みに覆われて今にも山犬の出そうな気配に心身を緊張させ、また、もしや真白に会えはしないかと思って進んでいきましたが、昼間は巣穴に隠れているようで、皆の足音の他は何も動かぬ不気味な静まりだけが続くばかりでした。

一行は、このような草をただ踏み分けるだけの長い登りをただ黙々とやり過ごすと、ようやく足元の緩やかなところに差し掛かり、足腰が楽になって一息をつきました。しかし、代わりにそこからは背丈の高い草をかき分けるようになり、そのうえ両側から張り出す枝や蔓《つる》草《くさ》にも行く手を塞《ふさ》がれてしまって、そのうちに少し先の見通しさえもつかなくなってしまいました。そこで竜太郎は目の前の邪魔を鉈で切り払って先頭を進んだのですが、そうすれば今度は一向の歩みが遅くなるばかりでなく、一体どこに進んでいるのか益々分からぬ迷路を歩いているようになるのでございました。

けれども、後には引かぬ四人の若さというものは、木の間を僅かにキラキラとする陽の光を道標にしてその勢いを失わずに前へ前へと進み、竜太郎の鉈音もまた力強く響きながら行く手を切り開いてまいります。

それからどのくらい経った頃からでしょうか、ふと皆が気づくと木々の間を霧が漂い始めて辺りは靄が掛かり、それは次第に濃さを増していったのでございます。その深まりの不気味さに、四人ともにこれまで聞いてきたこの山の雲の言い伝えが心を過《よぎ》り、（いよいよあの雲のところへ達したものか……）と身が引き締まって参ります。義忠や清成には加えてあの東の山のこれに似た重苦しさと、西の山で眠ってしまった悔しさまでもが思い出されて来るのでございました。

（もしかすると、これはやはり、生き物の命を奪うという恐ろしい雲の中への予兆やも知れぬ……）

ただならぬ暗い霧と先立つ不安にそれぞれの胸は高鳴り、それはこれまでを支えてきた気力に紛れていた疲れを呼び出します。嫌な汗が体を流れ、立ち止まってしまいそうになる足と心を自らを励まそうとした義忠は、後ろを歩いている清成を振り返り、

「清成、今度は山の霧になんぞは負けまいぞ」

と声を掛けました。清成も、

「おう、こんなところで寝てしもうては、また真白に笑われるわ」

と笑い返しました。その声に一行は、さあ、行けるうちはとにかく進もうぞ、と弱気を振り払うのでございました。

そしてまた登り始めてしばらく進むと、梅次郎が急に立ち止まり、

「先ほどから何かが私たちを見据えているような気がします、じっと……」

と言ったことから、他の者もドキリとさせられます。まるで苦労の果ての間違いに気づく迷路の立ち止まりかと思う焦りを覚えて、互いの顔を見合わせます。が、義忠は「何かの時には、使命に心を向けよ」と言って送り出した陰陽師の言葉を再び思い出し、

「何としてもと覚悟を決めて来た旅、ここを越さねば頂には行けぬ、とにかく進もうぞ」

と忠言いたしました。清成も、

「あれだけ言われてきた伝説じゃ、そうやすやすとは参らぬであろうよ」

と言い、竜太郎もまた頷いて、

「そうでしょう、何ものからも逃《のが》れる道は登ることのみ、ここで止まるは命を落とした者のはまった罠《わな》に我らも掛かる時です、さあ進みましょうぞ」

と言って梅次郎の肩を叩きました。梅次郎も素直に頷いて、一同再び気を取り直し、また雲を泳ぐようにしながら霧と草の中を高い方へまた上へと登って行くのでございました。

そうしてとうとうその我慢と辛抱が不穏の雲を通り抜けさせたのか、やがて霧が引くとこれまでの空気も変わって、四人はいずこよりかの涼しい風を頬に感じ、その耳には滝の音まで聞こえてきたのでございます。皆は一斉に表情を明るくすると、その音のする方へ引き寄せられるように歩いて行きました。そうすると林が途切れ、目の前で突然幕が上がったかのように場面は変わり、思いもよらぬ光景が現れたのでした。

さあそれは、山の中の湖かと見紛《みまご》うほどに大きな滝つぼの出現であり、その上には同じ大きさに曇り空が空いており、まるですっぽりと山林をくりぬいたように見えました。そして正面の深々とした緑の山肌を縫うように流れ落ちる滝は、その細々とした流れが滝つぼのあまりの大きさに行き渡らず、その水はけの悪さからなのか水底は藻《も》の色によどんで、辺りも何とはなしに生臭《なまぐさ》いような気がしました。

さてこのような初めて見る異様の光景に、四人は何かに化かされているかのようにしばらく呆然《ぼうぜん》と眺めておりましたが、やがて我に返って滝つぼに近づいてみようとすると、梅次郎がサッと顔色を変え、大声で叫びました。

「近づいてはなりません、そこは深い水底から滝つぼの水をつらぬくほどの殺気を放っています。ここは人のいるようなところじゃない、早く逃げないと」

三人は思わず足が止まり、後戻りしようとした丁度その時に、ポツリポツリと頭をたたく雨が降り始めました。皆が、にわか雷雨の気配に後退りして木立《こだち》の方を振り返ると、そこに見えたのはやり過ごしたはずの薄黒いあの霧が、まるで後を追いかけて来たかのように木々の間に押し寄せ待ち構えている様子なのでした。雨は更にザーッと雨脚を強くして着物を濡らし、もう行くところもなく駆け込んでしまった木の間からは、怪しい霧がその足をすり抜けるように湧き出して行きます。それは次第にどす黒い雲の帯のように集まり、まるで気味の悪い生き物のように滝つぼへと這って行き、ゆっくりと水面に渦を巻き始めたのでございます。

これにはさすがに四人ともぎょっとして目が釘付《くぎづ》けとなり、やがて広い水面を埋め尽くしたその分厚いモヤモヤが、底から湧き上がる泥水のようにむくりむくりと盛り上がりだす様子を息を呑んで眺めるのでした。これに合わせて鳴り始める雷の音に、（いったい何が起こるというのか……）と、更なる不安に凍りつきます。

激しさを増す雨に滝つぼの雲の海が嵐のように荒れ狂う、その中に、得体の知れぬ二つの光るものがぼんやりと映っておりました。やがてそれは水の底からだんだん大きく、そしてはっきりとして水面まで来ると、いきなり「ザザザーッ」と雨よりも大きな音を立てて何かが持ち上がりました。

天地も返るほど驚き、目を見張るその四人の目に映ったものは、まあ何と途轍《とてつ》もなく大きな大蛇《だいじゃ》の頭でございます。ぬるりと黒い鱗に覆われて、その中にらんらんと黄色く白く光るその眼は、見るものを皆射殺《いころ》すごとき恐ろしさであります。

あまりのことにもう肝は凍りつき、息もできぬ四人は、その場にへたり込んで仰天するばかりとなりました。口を開けて、蛇の頭と首が、生白い蛇腹《じゃばら》を息づかせながら高く伸びてゆく様をただ見ておりますと、その頭は雲をも突かんほどに伸び上がりました。そして、鎌首《かまくび》を下げて生き物を見定め、ぐにゃりと腹をくねらせたかと思うと、「ギャエエーッ」と張り裂けんばかりに赤い口を開けて叫び立て、炎のごとき舌を吹いて襲ってきたのです。この槍《やり》を突く勢いの凄《すさ》まじさに皆は「ひいーっ」と声を上げ、義忠や清成は木の下で金縛りとなり、思わず（もはやこれまで……）と覚悟の目を閉じました。

と、その途端「ガッシーン」と物凄い音と衝撃があり、何と、すんでのところで太い松の幹に蛇の牙が当たり、その命は救われることとなったのでございました。

しかし、獲物を食らい損ねた大蛇の口は、「クワーッ」と蒸気のような息を吐き、再び頭を持ち上げて、滝つぼいっぱいに長い蛇体を怒りくねらせると、今度は二人から少し離れた場所で既に気を失ってしまっていた梅次郎の方を狙って襲ってきたのでございます。

「シャーッ」


さあ、これに合わせ、目を吊り上げて、「しゃーっ」とニャを脅したおくじに、幼いニャは飛び上がるほど驚き、その拍子に「ジャジャーッ」と思わず小便を漏らしてしまいまして、その後はもうお話どころではない騒ぎとなってしまったのでございます。

「しようのにゃい坊主だ、蛇どころじゃにゃあ、ほら見ろ、寝床が台無しだ」

おくじは言って、いつも座布団に掛かっている上掛けを剥がすと、厨の外へ引きずり出し、壁際に置いてある洗濯だらいの中にある宮司のふんどしや何やらの下に隠し込んだのでございました。

　というわけで、お話の方はいかにも良いところではございましたが、今夜はここまでのこととなってしまったのでございます。

四　守られし者たち

さあ、前回のお話から一日おいて、おくじの思いました通り、神社のおかみさんは一昨日《おととい》出しておいたニャの粗相《そそう》を、案の定亭主のふんどしやら何やらと一緒に洗ってしまいましたのでございまして、今夜はさっぱりとしてお日様の匂いのする寝床でお話の続きが始まるのでございました。

「ニャや、オスの猫が蛇にゃんぞ怖がるでにゃあぞ」

第四夜のお話

「梅次郎！」

下に倒れております若くて柔らかそうな梅次郎に、今にも食い掛ろうと大蛇が構えた時、少し後ろにいた竜太郎が思わず叫んで梅次郎の上に覆いかぶさります。この声に正気づいた義忠と清成が、はっと身を起こして太い木の枝を掴んだ時、清成の懐から何かがこぼれ落ちました。それは龍川の小屋番からもらった木彫りの龍でした。

とっさに清成は、それを拾うと握りしめて（神よ、どうか助けたまえ）と念じながら走り出て、向かってきた赤い口を目掛けて力一杯投げつけました。すると、何とその木の龍は花火のように勢いよく飛んで、化け物の眉間《みけん》に命中したかと思うと、天からは目もくらむ稲妻がその脳天を直撃したのです。

「ギャアーッ」と鳴り渡る大蛇の叫びと共に大きな雷鳴が轟《とどろ》きました。同時に、頭上からは、雨雲を分けくぐって何かがキラリと光って泳ぎ下り、近づけばそれは銀色に輝く鱗が雲を縫う天龍の崇高《すうこう》なる姿なのでございました。

そしてこの神の使いは長いひげも勇ましく大きくらせんを描き、滝つぼの中で蛇腹を返してもがいている大蛇を正義の眼に見据えると、一瞬のうちに鋭く長いカギ爪を開いてその黒い頭を押さえ、また体を鷲掴《わしづか》みにしたかと思うと地面をけって、「グワオーッ……」と鳴き声をあげて空へと舞い上がって行きました。このすさまじさは何にたとえようもなく、地は響き木は撓《しな》い、草は真横に靡《なび》くほどでございまして、この衝撃の嵐は、天へと昇りゆく龍の光が雲間に消えるまでの間続いたのでございました。

梅次郎以外の三人はこの大嵐にただ地に縋りついて我を忘れておりましたが、やがてそれがピタリと止んで静けさが戻ると、誰もが星空の下で放心《ほうしん》して座っておりました。

しばらくして、やっと気を取り戻した清成が、

「何ということ……、あれは山の主と天の使いか、恐ろしい……」

とつぶやいて、ふと静かな滝つぼの方に目をやると、その水面には小さな木の龍が二つに割れて浮いていたのでございます。

生まれて初めて目にしたこのような奇跡に、この世ならぬ神の世界の存在とまた人の真心の有り難さに、清成は感謝の手を合わせるのでございました。

少し離れた場所では気がついた梅次郎が、

「兄さま、あの恐ろしい大蛇はいったい……」

と聞き、竜太郎は、

「もう心配ない、龍神様が天に連れ帰ったのだからのう」

と答えております。

四人はお互いの無事に、神さまのご加護を喜び合うのでございました。

「九死に一生を得るとは誠このことじゃ。それにしても梅次郎殿、ここに来る前に言っておいでであった、我らを見る者とはあの大蛇のことでござったのか？」

と義忠が問うと、梅次郎は、

「いえ、今となってはそうかとも思われますが、あの時はまだこれほどのことが待ち受けていようとは思い至っておりませんでした。なれど、恐らくこの山の黒い雲霧の中を彷徨《さまよ》う者は、その中をどちらに向かってどう歩こうと、操られ、最後はここへと引き寄せられることになってしまうのでございましょう。あれは既に魔に見入られていたということではなかったかと思うのです」

と答えました。

「そうであったやも知れぬな、そう思えば、なるほど霧の中のことは夢のように忘れてしまってまるで記憶に残っておらん、不思議じゃ……」

義忠が言うと、他の者もこれに頷きました。

「いつの間に夜になってしもうたものか……。さて、こうもしておられぬが、はてしかし、ここからどちらへ向かえば山頂に行けるかの見当とてもつかぬな」

夜空を見上げて清成が四方を見渡していると、梅次郎が星を見上げながら、

「これより先、もしよろしければ私が星を頼りにしながら山頂へ向かってみましょう」

と言いました。

「ああそれはいい、弟は星を読むことができるのです」

竜太郎がそう言いますので、義忠と清成は、梅次郎にこれからを託すことにしたのでございました。

この梅次郎は、幼い頃から好んで夜空を眺める子にございまして、今では星の位置、月の傾きなどで場所と時間を知ることができるようになっており、幸い今夜のような星明かりの夜は尚更良い道案内となったのでございます。

木立を垣間見える星を辿り、一行がこの梅次郎の導きを頼りにしばらく登ると、やがて辺りは木々もまばらになってまいります。そして、いつしか頭上は星空いっぱいに開け、目の前にその先を白く尖らせている黒雲山の山頂の姿を仰いだのでございます。

次第に急になってゆく登り道を進むにつれ、ゴロゴロとした石の目立つようになり、それからは頂上への岩場と変わっていきました。四人はそこから這い登り、頂近くでは更に険しい岩場で恐らく身の置き所もなくなるものと思われ、まだ辛うじて横になる空きのあるこの

辺りで、梅の家の主の言った通りに今夜は泊まることに決めました。

四人がほど良い隙間に落ち着くと、もう夜も更けて月は東の山際まで落ちて、時折流れ星だけがその明るみに消えていきます。改めて見上げる山頂にも星は集まり、どの人も真近で見たことのないであろうその姿の神々しさと澄み切った空気、ここまで辿り着けたことへの感動が心身にしみて、それぞれはようやく心の底から気持ちの良い一息をつきました。

ただ一つ残念なことに、さあさあと開いてみた今夜の夕餉は、先の災難によって雨水が染みて、折角の握り飯も潰《つぶ》れておりましたが、一同の喜びはその冷たささえもまた格別のものとしました。

義忠と清成は横になるとすっかり安心して、気力を使い果たした一日の疲れが一度に出てか、間もなく寝息を立て始めました。しかしその傍では、竜太郎と梅次郎の兄弟が、手の届くほどに見る、神の語りかけるがごとき星の煌めきを眺めながら、このような話をしているのでございました。

「なあ梅次郎よ、滝つぼでのことは誠に起こったことか、それとも皆で見た幻なのであろうかのう……。あのような大蛇がまさかこの世におるとはなあ。じゃがそれよりもっと驚かされたのは天から降りて来たあの銀色の美しい龍、わしはまさか生きている間に本物の龍が天を泳ぐ姿を見てしまうなどまったく思いもしなかったぞ。ああ、お前にも、どれほど見せてやりたかったものか……」

竜太郎が語りかけると、梅次郎は答えます。

「ええ兄さま、それは一体どんなものかなど私にとて思いも及びませんが、さぞや天の龍とは力強く、目も眩むほどに美しい姿であったのでございましょうね。ほんに見とうございました。けれどもその時私は、あの滝つぼの大蛇の邪念と申しますよりは、言葉にたとえるとすればおびただしいほどの怨念、いいえ何かを怖れる心、そしてまるで身を焼かれてでもいるかのような怒りと悲しみ、やりきれなさ……とでも言わなければ表しようのない邪気を身に受けて、そのあまりの凄まじさに気が遠のいてしまっていたのでございます」

「あの時、わしはもうお前が驚きのあまり死んでしもうたかと思ったわ」

「兄さまが庇ってくれなければ、それこそ死んでいたやも知れませんよ」

梅次郎は笑い返して更に言います。

「山であれ何であれ、魂あるものの強く根深い念というものは時が経とうと決して消えるものではなく、執念の雲となってまで彷徨って永らえた末に、あのような魔物を作り上げてしまったりするものなのでしょうか……。なぜならあの大蛇は、ただの山の主というだけでなく、そういうものの化身でございましょうからねえ……。そう思えば私は何とのう、あのように恐ろしい大蛇でさえ哀れで可哀想に思えてくるのですが……」

「そうじゃのう、わしもそんな気がする。いつまでも続く怒りや悲しみとは何と哀れなものよ。人の心とて同じじゃ。あの大蛇はもしかしたら、あれでやっと長い苦しみから救われたのやも知れぬのう……」

「きっとそうでしょうよ兄さま、恐らく幸せな天に帰りましたとも。ともかくまだまだ私たち人になどはわからない、違う世というものが確かにあるのでございますねえ」

梅次郎はそう言って静かに目を閉じ、風の音にこころを澄まします。やがて、

「兄さま、聞こえてきませんか？　山の頂の方から風に乗って来る微かな歌声……」

と囁くので、竜太郎も耳を澄ませてみると、その耳には風の音しか聞こえません。

「いや何も、で、一体どんな歌が聞こえると言うのじゃ？」

「木のうたう歌でございますよ。ここからは見えませんが、その言葉からしておそらく山頂にあるという梅の木が歌っているのでございましょう。別れを惜しんで歌っているようです。親木はもう私たちがやって来ることを知っているのでしょうか……」

「木も歌うものなのか？」

竜太郎は驚きます。

「はい、花が咲き、また雨の恵みに嬉しそうに歌い、枯れる時には去る悲しみを歌うものでございます。我が家の梅の木も歌っておりますよ」

「梅次郎、わしはお前からそんなことを聞くのは初めてじゃぞ。それなら早く教えてくれれば良いのに。それで、山頂の梅はいったい何と歌っているのじゃ？」

「『永い間生きて来たこの場所からやがて去ることは淋しいが、今は我が子木に命を託してようやく役目を終えることを嬉しく思い、その幸せを祈っております』と言っているようですよ」

梅次郎がそう語りますと、竜太郎は頷いて山頂を見つめ、

「物言わぬ木とは言え、生きているものには皆、性根というものがあるのじゃのう、何と不思議なことよ……。嬉しかったり淋しかったりして我が子を思うとは、まるで人のようじゃなあ。されば梅次郎よ、明日は大事に子株を離してやって、無事に運んでやらねばならんのう……」

としみじみ申します。

その後も梅次郎の心の中へ流れ来る優しい調べはいつまでも続いて、夢の中にまでもその

歌声を聞くのでございました。

そんな一夜が明け、東の山に朝日が昇ると、その眩しさに四人は目を覚ましました。曙《あけぼの》色の朝焼けが次第に青空へと変わるにつれて、岩場に暮らしている鳥たちのさえずりが聞こえて来ます。それは下界で起きるどんな出来事も知らぬげに明るい平和を歌っていました。

胸いっぱいに朝の空気を吸い込んだ竜太郎は、見下ろす麓の我が村や川、さらに広がる地上の暮らしを眺め、その後改めてそれよりも大きな空と雲の世界を見渡します。

「黒雲の上は正に楽園にございました、ここからはその雲も不思議に見えぬようですぞ、地上もこうなればもっとよろしゅうございますになあ」

そう言って背伸びをしながら周りに笑顔を向けました。他の者もまたこの清々しい一日の始まりに今日への気力が満ちてくるのを覚えるのでございました。

「さあ、もう手の届くところに梅はあるぞ」

と清成が声を掛ける、と一同は荷を負い、竜太郎は父より手渡された綱を肩に巻き、先頭をきって岩場を登り始めました。

ずるずるとすべりそうな石混じりの土と、僅かに緑はむ岩の斜面を這い上がり、そのうち岩ばかりになった険しい登りを少しずつ、また縋るようにしてよじ登ると、試練を耐えた一行は、やっとの思いで頂点の大岩の下まで登りきりました。

四人がその大きな岩を囲んでみれば、どっかりと頂に座った周りには何ほどの余裕もなく、一歩間違えればそこはもう目も眩む千尋《せんじん》の谷となっているのでございました。

そして岩を辿るようにしてその東側から伸び出ております一本の木のところへ回っていくと、岩の下にしっかりと根づいた老木は、確かに陰陽師の夢に告げた通り朽葉《くちば》色にされた幹が二つに裂けてその葉を落としておりました。

これを見て義忠と清成は、竜太郎と梅次郎に「これは確かに梅であるか?」を確かめました。二人は「そうです」と答えました。竜太郎が、

「我が家の者が梅の木を間違えるなど決してございません」

と言い、梅次郎も親木の下に生えているしっかりとした子株を見分けて、

「目的の子株はこれでしょう、助けを求めておりますので」

と申します。二人は納得し、竜太郎は早速腰の小鍬を取ってその根を掘り始めました。

子株とはいえ、山の風雪に耐え、岩の下に張っている根に思ったよりも竜太郎は手を焼いて、照り付ける日の下で何度も鍬を叩き、汗を流してようやく掘りあげました。そして義忠

がこれを引いて持ち上げ、清成と梅次郎がその根を草と縄で包んで、小さな子供ほどの荷に仕上げると、皆これまでで一番良い笑顔を見せ合い、竜太郎の労をねぎらいました。

いよいよこれから下へはこの大事なものを縄で慎重に釣り下ろしてゆくことになります。そうして子株が頂から離れる時、竜太郎は、肩の縄を外して親木の根元に回し、しっかりと子株に括《くく》りつけ、昨夜梅次郎から聞いた「梅の別れの歌」のことを思い出して、親木の痛々しい幹を撫でながら（必ずこの子木を守って良いところに運ぼうぞ）と心に誓うのでございました。

さてこれからの、登ることさえ厳しかった斜面から子株を下ろすには、先ず竜太郎が釣り下ろす株は、先に綱で降りて待つ他の者に受け止められ、その後を竜太郎が綱を伝い降り、そして木に回し掛けた綱を引き下げると、またそこから新しい掛け木や岩等にこれを回してまた下へ、という具合にこれを繰り返して降ろして行く要領でございます。

一行はこれを何度か繰り返しながら、もう少しでそれから下へは持って運べようかという足場まで無事子株を降ろしてまいりました。けれどもそこで、一同の思いがけぬ大変なことが起きたのでございます。

それまで、梅を傷つけてはならぬ、落としてはならぬと、これを思うことばかりに気を取られてしまい、いくら丈夫とは言え何度も株と人を支え、また岩肌に擦られて来た綱が、いつの間にか傷んでいたことには誰も気づかずにおりました。竜太郎が株を下げて、あと僅かで手を伸ばして待ち構えている義忠たちに届かんとしたその時、株は風に煽《あお》られ、横に振れたかと思うと、なんと縄がぷつりと切れてしまったのです。その一瞬、四人の息は止まり、直ぐに株の行方を目で追いましたが、それは下の岩に弾んで転がり、そのまま姿を消してしまいました。

義忠らが慌てて駆け寄って崖下を覗いてみると、子株は幸いにも少し下の木に掛かっておりまして、三人を一応ほっとさせはしたものの、山に吹きつける風に揺られ、その身ははらはらと危うい様子です。

上から竜太郎がすっかり慌てて降りてくると、一同は何とか早く子株を引き揚げる手立てはないものかと策を練ってみましたが、残りの綱を使うには頼りなく、さりとて他に届きそうな物など何もなく、どう考えようとここはもう、人の手で取るしかありません。義忠は、それではと立ち上がり、

「自分は体が柔らかく身も軽いのでこの役を引き受けよう」

と言うと、崖から身を乗り出して、片方の足を竜太郎に支えさせ、もう片方を清成と梅次

郎に託して少しずつ身を下げ、株の方に手を伸ばしてみました。けれどもそれではまだ株には届かず、あとどのくらいかを目測しておいて、一旦また上に戻って参りました。

「まだ腕の長さほど足らぬなあ、どうにかならぬであろうか……」

思案しながら一同の身の回りなどを確かめてはみましたが、あるのは切れた綱と背負いの風呂敷、それに細帯くらいのもの……。

（何としても子株を取り戻さねばならぬ。もし落としてしまうようなことがあれば、ここまでの苦労は水の泡であり、二つとない世の宝も此度の使命も、共に奈落の一大事……。さて、どうしても今あるものを用いて決して落とさずに引き上げる丈夫な物を……と言うなら、皆の風呂敷合わせて四枚を二重にし、株の枝に掛けるための先の輪と、引くため紐を作れば良いのではないかとは思うが、果たしてそれぞれの結び目は大丈夫なのか、しかも風呂敷でこしらえた輪はすぼまり上手く掛からぬやも知れず、幸い掛かったとて、荷の重みがもし一点に応えたなれば男の不器用が結んだ結び目が解けないという確信もない……。もっと何かこれに張りと頑丈さを与えるもの……）

などと思いながら我が身を探ってみると、腰に巻いていた注連縄に気付いて、義忠は直ぐにそれを解いて輪にしてみました。

（これなら輪の部分はよく張り、紙垂《しで》を絡めればしっかりと結べるのではなかろうか）

この思いつきを皆に伝えてみると、清成も、

「この注連縄なら縒《よ》りも腰も強く、丈夫に違いない。それにぐずぐずしておってはならぬ、これに賭けてみようではないか」

と促し、一同も同意して、さっそく梅次郎が皆の風呂敷を集め、器用に仕掛けを作り上げました。そして竜太郎が更に固くその結び目を締めると、義忠はこれを持って再び崖から身を乗り出し、しっかりと紐の端を手に巻いて握りしめ、狙いをつけた枝へと輪を下げていきました……。

時折吹きつける山風谷風に紐の揺れるのが静止する時を待って、その間に逆さになっていた体と意識が限界に近付いた時、神の助けか、一瞬その風はピタリと止まりました。

（今だ、そう、そこに掛かれ）

ここぞと込めた気力に、それはしっかりと枝に掛かり、義忠の引き手にぴんと紐が張りました。そして義忠は心の中で、（神よ、どうか今一度救いの手を貸したまえ……）と唱えながら紐をそうっと引き上げました。

株は浮いてズシリと手応えがあり、義忠は息を止めながら、少しずつ少しずつ、揺れませ

ぬようにと手繰り寄せ、やがて株の枝が手元まで来た時、義忠の次の手はしっかりとその幹を掴みました。そして、

「やったぞう」

と声を上げた義忠の知らせに、上で支える三人は、嬉しさに顔を見合わせてその足をぐいぐいと引きました。間もなく義忠の姿が崖の上まで戻ってきて、待ち構えていた竜太郎が株を受け取りますと、再び手元に戻って来た子株に四人は喜びの声を上げ、またにっこりとする義忠の肩を叩いてその大役を労《ねぎら》いました。

けれどもその喜びの最中、仕掛けを解いて風呂敷を包み直す梅次郎の傍に置いてあった注連縄が突風に吹き飛ばされ、あっと言う間に崖に攫《さら》われてしまいました。すぐさま義忠は崖に駆け寄ってその行方を探しましたが、既にその姿はなく、緑深き谷間の露と消えてしまっておりました。

すると清成が隣に立ち、言いました。

「立派に役目を果たしたのじゃな」

「ああ、わしはあれが梅を掴んでくれた、そんな気がしているのだ」

義忠もそう答えました。

こうしてまた一つ危機を凌いで無事に大事な梅を取り戻しましたが、頼れる綱をなくした一行は、その子株を体の大きな竜太郎が背負って降りることとなったのです。

子株は小さいとはいえ、土を食《は》んだその根がずしりと重く、体格の良い竜太郎と言えどその身に応えるものがありましたが、（これこそが我が使命であり、親木に誓ったことだ）と心得ていたのでございました。

さてそれから、岩場の間は義忠と清成がその竜太郎を支えながら、また梅次郎は兄の荷を背負って崖を降りましたが、間もなく岩から手が離れると、足元は乾いた土混じりに変わっていきました。しかしながらこの土がくせ者であり、急な斜面ではずるずると崩れやすくて危うく、またやっと木立の間まで降りて来てみると梅雨明け間もない山土は湿ってなおつるつると滑ってしまいます。四人は木の枝や蔓草に縋りながら下り、それでも転ぶと終いにはもう、仰向けに寝ながらいっそ滑り落ちた方が早いのでありました。

中でも難儀したのは竜太郎でした。大事の梅を庇うために腹這いで滑り降りることも多く、そのうちに着ているものも顔もすっかり泥まみれになってしまいました。その兄を案じて手を貸す梅次郎も、他の二人も、やがては同じ様となりました。

同じ山とはいえ、東側の斜面にはなぜか下草が少なく、下りの勢いがついて速く進むのですが、その分だけこのような困難も伴うのです。いずれにせよ、この山も人の入るようなところではないのですが、唯一この下りの道程の救いであったのは、あの怪しく重苦しい霧に悩まされなかったことでした。

長い長い斜面もやっと尽きて、次第に地に足のつくなだらかさへと変わってくると、ようやくのことか、と一息ついて参ります。そんな心に穏やかに射す光はほんのりと茜掛かり、山に日暮れの近いことを語りかけ、あの山道へ出る分かれ道も近付きつつあることを知らせていました。

しかし、（さあ、あとはもう少しだ）と綱のかかった光景を思い浮かべる者たちの束の間の安堵を破って、梅次郎が、

「先ほどから何かがずっとついてきております。殺気です」

と言って顔色を変えました。他の者もはっと思い当たり、（そろそろ奴らの出没の時か）と心構えをして進んでいきます。

予想通りに笹がざわつき始め、獣の気配が二方から近づいて来ると、黒い影が荒い鼻息を鳴らして二つ飛び出してきました。義忠は、間の悪い闇の先達者に、

「また出よったか、そう急がずともよいものを」

と言って清成に目配せして石を握ります。梅次郎はその赤い目を見て、

「腹が空いているのだ、動く物は皆獲物だ、と言って狙っています」

と伝えます。その間にも山犬は更に牙をむいてこちらを威嚇し、今にも飛び掛からんと声を荒らげます。その様子に、竜太郎が、

「下がってはなりません、引けば必ず襲ってきます、梅次郎、仲間が来ぬまに餌を撒くぞ」

と言いました。梅次郎はすぐさま風呂敷を解いて残り物の包みを開き、兄の元へ走り寄ります。竜太郎はその一握りをつかみ取ると、

「お前は向こう側に投げい」

と顔を振りました。

二人は行く手の左右奥に向かって餌を投げました。またこれに倣って、義忠と清成も手にしていた石ころを飛ばすと、これに釣られて思惑通り、山犬は二手に分かれて茂みに飛び入って、餌を追って行きました。

「今だ」

行く手の開けた一行は、そのすきを一気に切り抜けると、後はもう一目散に駆け、間もなく聞こえ始めた追っ手の足音にも、呼び合う遠吠えにも決して振り返らずに走り通しました。

前方にやっと見えてきた分かれ道の綱に足を速めた四人は、転びそうになりながらそこに辿り着き、竜太郎が一振りに綱を切り落として山道に走り出ました。

それから「こっちだ」と先に走りながら手招きする義忠と清成の方へ、子株を庇いながら走って来る兄弟を清成が待って後ろに付き添って、それでもなお追いかけて来る山犬の気配に息を切らして走り詰めていきます。

「さあ早く来い」と吊り橋に突進して行き、兄弟を先頭に渡らせて、最後になった清成がようやく途中で振り返ってみると、そこには吊り橋に行き止まり、こちらを睨んでいる赤い眼が並んでおりました。

こうして何もかもが瀬戸際であった黒雲山の難の出口である吊り橋を渡り終えると、四人はその解放感と落着の感覚、そして早くも感じられる川風の涼やかな心地良さに、ほっと胸を撫で下ろしました。それから夕冥色《ゆうめい》（暮後の美しい空色）の美しい空にくっきりとした一つ星を導きにしながら歩き、右へ右への帰り道をあの龍川へと向かったのでございます。

やがて目の前が開けて、見渡す夜の龍川は、黒い山間のほの白い河原をのびのびと横たわって、空の藍色を映した水面に今宵の月を丸く煌めくさざ波に浮かべて穏やかでした。

「村の人から聞いてはおりましたが、龍川をこうして見るのは初めてでございます」

竜太郎が言うと梅次郎も、

「清らかで力強いのですねえ……まるで天の川から流れているように……」

と言って、その澄んだ瞳を川から空へと向けました。

それから一行はその流れに平らな石や流木の丸太を置いただけの橋を渡っていきました。岸辺の奥にぽつんと立って明かりの灯る小屋を見ると、義忠と清成は我が家に戻ったかのような懐かしさを覚え、足早に向かいその戸を叩きました。そうするとあの懐かしい小屋番の顔が覗いて、訪ねて来たのが義忠と清成であることに大そう喜び、

「さあ早くお入りください、お待ちしておりましたよ」

と言いながら戸を開けてくれました。小屋番は、その後ろにおります若者二人の姿には更に驚き、まだ後ろに真白の姿を探すようなので、清成が、

「残念ながら、真白は西の山ではぐれてしまい、連れて帰ってやることができなかった……」

と伝えると、小屋番は、

「そうでございましたか……」

と、淋しい目をするのでございました。

それから四人は、小屋番が飯の支度をしている間に、すっかり泥まみれの旅の汚れを龍川の水に洗い流し、竜太郎は肩から下ろした子株を水際に寝かせてやりました。それから、竜太郎は明日に備えて小屋番から借りた砥石で鉈を研《と》いでいましたが、川向こうに聳える黒い山の頂を見上げると、あの親木の姿が思い出されて、一抹の淋しさや何か悔しさのようなものまで覚えました。すると後ろに梅次郎がやって来て、その淋しげな後ろ姿に、

「大丈夫ですよ兄さま、親の懐から離れようと、心は繋がっているのですから」

と優しく言うのでございました。

やがて小屋の囲炉裏端では、小屋番が「いつもながらのものしかございませんが」と言いながら精一杯並べた川魚や熱い山の汁などを囲んで、その心づくしに旅の一同は舌鼓《したつづみ》を打ちました。ことに竜太郎の気持ちの良い食べっぷりが夕餉の席を弾ませ、その久しぶりの明るい笑い声は龍川にまで聞こえゆくのでございました。

義忠などが、真白と山犬のことや、山頂に向かう山の中であった恐ろしい出来事などを話して聞かせると、小屋番はそれはもう驚き入りました。

「お連れの犬のことは何とも残念でなりませんが、それにしましても皆様よくまあご無事にございましたなあ……。あれから何事もなければよいがとお身を案じてはおりましたが、ま

さかあの山の頂上に行かれるなどとは思いもよらず、そのうえ、今お聞きしましたような恐ろしい目にお遭いなされていようとは、全く想像もつかず、知る由もございませんでした。わたくしも、これまで聞いて参りました噂や言い伝えなど人の口によるものと思ってどこかで疑うところがありましたものの、これが真《まこと》のことで、あの黒い雲がまさか化け物の巣であったなどとは……、元はただの小蛇であったやも知れぬものが、永い間魔に飼われて、そのような身も凍る姿の山の主に成り果てようとは……。そりゃあ、行った者も帰らぬはず、如何にもこの世には不思議なること、恐ろしきことのあるものでございますな。昔からの言い伝えにはやっぱり何かがあるのですなあ……」

そこで一息つき、更に皆の顔を眺めながら、小屋番はしみじみと、

「それにこの川で拾った流木でこしらえた小さな物にまで龍川の神さまはお宿りになって、天の龍まで呼んだとは、これもまた何という不思議と有り難さ、確かにここにはそういうお力が通うておるのでございますなあ……、本当に皆様お命があって良うございました」

と申しますので、清成は、

「いやいやそれだけではなく、小屋番殿の有り難いお心遣いもあっての命拾い、我ら一同心より感謝致しておりまする」

と礼を返した。小屋番は、

「いや、わたくしよりも、きっと皆様の良いお心掛けあっての奇跡なのでございましょうよ、義忠様も清成様もそして若いお二人も、皆ただのお方々とは到底思えず、前に東の山を越えて来られたとお聞きした時より、この旅は何かよくよくの事情のある旅なのであろうなと思うておりました。何か特別な方々……、そのような皆様なればこそ、神さまもお助けなさいましたのでございましょう」

と申しました。これに清成も義忠も、

(いやこの者こそ、めったに人も訪れぬ山間の河原にてひっそりと小屋番などをしている者とは思えず、その人を見る目の確かさ鋭さ、そして物事の察しの良さ、それに何よりその人柄である。誠に神の清流のもとに暮らす者とはこれに似て相応しきものよ)

と、ここにも神のお心が通うことを思うのでございました。

やすらぎの夜も明けて、龍川に向いて西に開いている窓から聴こえる清々しい川音にゆっくりと夢路を戻ろうとしておりました皆の耳に、一足早く起きて外に出ていた小屋番の声がいきなり飛び込んできて、一同は一斉に目を覚ましました。

「大変でございますよ、早う出て来てご覧なされ」

こう小屋番が呼ぶので、起きたなりで外に出て指さす方を見てみると、その夢にも思わぬ光景に一同は呆然としました。薄紅掛けた朝の空の下に、くっきりと稜線《りょうせん》を描いているあの西の山には、もう昨日までの黒い雲はなく、すっきりと緑一色の晴れ晴れとした姿に変わって、龍川の背景として聳え立っていたのでございます。これには、長年その山を見てきた小屋番も麓に育った竜太郎、梅次郎の兄弟も生まれて初めてのことと言って驚きました。そして、

（もしかして、昨日の出来事によって長年の因縁、受難の禍も黒雲と共に今やもう晴れたか……。そういえば昨日山では霧に会わず、今朝の山頂の眺めにもあの雲の姿が見えなかったはずだ……）

と一同は思い至りました。

このような思いがけぬ喜びに出立の朝の心は一層晴れ、また龍川の一夜に蘇った心身の気力も加わって、旅支度が整うと、小屋番と恵み多き龍川に再会を誓う別れを告げたのでございました。

さて残るは前方に聳えるもう一つの試練であります。ザクザクと土を踏んでしっかりと一行は歩を進めます。竜太郎は、今朝その葉が生き生きと張って元気づいておりました子株の

様子が嬉しく、また背負うに連れて湧く情に我が家の梅と同じ親しみを覚えておりました。そして物心ついた時よりその下で兄と共に遊び育った梅次郎も同じ思いでいるのか、二人は時折子株に語りかけたりしながら歩いて行くのでございました。清成は、

「竜太郎殿、梅次郎殿、まるでその梅は可愛い子でも負われているようじゃのう」

と言ってにっこりするのでした。

川音が遠のいて夏草の道をしばらく歩くと、一行はやがて東の山を見上げる登り口に着きました。けれどもそこは、義忠と清成にとって一度来たはずの場所であったにもかかわらず、確かに真白と共に降りて来た細道がどうしても見つけられません。仕方なく登る余地のあるところから踏み込んでみましたが、昼なお暗い鬱蒼《うっそう》の林に一行は直ぐに迷うこととなって、その先は思いやられました。二人は改めて、真白の存在の有り難さを身に染みて思うのでございました。

それにしても、あの時には確か大木の盛り上がった根や、その空間が目に留まったはずであったものが、今日は行けど進めどなぜか同じような姿の真っ直ぐな木ばかりが林立しております。その余りに違う山の中の様子に、義忠と清成は、(もしかするとこの山の怪の一つは、林が様変わりする不思議というものかもしれない)などと思うのでした。そのうえ、木

の間を擦り抜けて登る先には例のごとく草も枝もが茂り合って行く手を阻み、またもや竜太郎の鉈を振るう出番となってしまいました。すると再び、こうして汗だくになりながら進んだ西の山のあのつらい道のりが甦ってくるのでございました。

遠い木漏れ日を唯一の頼りに、いつ行き止まるやも知れぬ迷路の坂をまた上らねばならぬやりきれなさにどうしても一同の足は進まず、梅次郎も「近寄る者を嫌う邪気」という重苦しさが追い打ちをかけてきました。

そんな登り坂の途中で、さらに梅次郎が、

「周りの木々は私たちを迷わせようとしています。ほら、兄さまの背中で梅もそう申しておりますように、私たちは先ほどから同じところを歩かされてばかりいるようです」

と言って皆をぎょっとさせます。それを聞いた清成は、まさかと思い、腰に巻いた注連縄を解き、これを目の前の枝に目印として結んで四人はまた歩きだしました。するといったいどうしたことか、梅次郎の申しました通り、間もなく前方に目印が見え、それは何度やり直そうと同じこととなってしまいました。

山の木とはいえ、長い間を生きる中でつけた知恵の恐ろしさ、さすがにずっと言い伝えられてきたいわくの山だけのことはあり、一筋縄ではいかぬのでございます。ついに四人はどちらへ向かえば良いかを試す気力も尽きてしまい、その場に座り込んでしまいました。

一同が立木の間に足を投げ出し、水筒の水を煽って放心していると、そのうちに竜太郎の腹が鳴りました。人一倍腹の空く者が荷を負い、鉈を振るったことで、我慢ならぬ空腹を覚え、

「なあ梅次郎、何かないかのう」

と尋ねると、梅次郎は、

「昨日、山犬にみんなやってしまいましたので、もう何も残ってないのです。すまないことです兄さま」

と申し訳なさそうに答えました。それを聞いた義忠が、

「いやわしこそ、恐らく日暮れまでには山も越えられようと思い、小屋番殿が『昼飯は？』と申すのを辞退したのだ。こんなことになるのならもらっておけばよかったのだが……」

と言いながら懐を探ってみると、「こんな物が残っておった」と言って固くなった団子を二つ出し、竜太郎に手渡しました。しかし、「誠に申し訳のうございます」と口にはしたものの、これではやはり物足らず、周りに目をやってどんぐりの一つも落ちていないものかと探してみました。けれども何にもないことにがっかりして、積もる落ち葉に後ろへ手を突き

ました。

　と、その時、手のひらの下に何か固く触れるものがあります。竜太郎が、（はて、これは）と思い、すぐさま掴み取って見てみると、それはつやつやと美しい何かの果実でした。まるで今落ちたばかりにみずみずしく、鼻を近づければこれがまた良く熟れた瓜《うり》のごときに甘い香りにて、思わずごくりとつばを飲むと思いっ切りかぶりつきました。そして滴《したた》る汁を吸って、

「ああ、これは美味《うま》いぞ」

　と声を上げたことから、それに驚いて振り返った義忠と清成は、はっと顔を見合わせました。

「いけません、お捨てなされ、この山の物を口にしてはなりませぬ。陰陽師様からくれぐれも気をつけよと言われておりますぞ」

　と慌てて清成が止めました。しかし時既に遅く、竜太郎はポトリと実を落とし、顔色を失ってへなへなと崩れ落ち、背の梅と共に倒れてしまったのでございます。

と、ここまで話し終えたおくじは、

「さあさあ、今度は竜太郎兄さまが大変だ、だが、もう遅いから今夜はここまでとしようじゃにゃいか」

と言いました。ニャが目をパチパチさせながら、

「ねえ、さっき出て来てへびをやっつけた龍って一体どんにゃの?」

と聞くので、おくじは、

「そりゃあにゃあ、もう凄いやつだよ、雲をぐんぐんと泳ぐわ水を潜るわ、神様のお使いの中でも一番大きいんだぞ。長い体には美しい鱗があって蛇のようだが、立派な髭が付いて、それに鷲の手と足が……ああそうだ、この神社にも小さいのがいなさる。ほら、お参りに来た人が手を洗うところが鳥居さんの傍にあんだろ? 明日目が覚めたらそこ行って、水の出てるとこを見てご覧にゃ、その龍さまが口を開いていなさるから」

と教えました。ニャは元気よく「ニャ」と返事をした後で、

「じゃあ、そのへびっていうのはどんにゃもの?」

とまた聞きます。おくじはその顔を見て、また答えます。

「ええっ、おみゃあはそんにゃことまでわかんにゃいのかい、困ったにゃあ……。そうさに

ゃあ、そいじゃあ目をつむって頭ん中で思い浮かべてみにゃよ。蛇とはにゃ、大きい奴も小さい奴もいるが、大抵うちの賽銭箱の幅くらいの長さだ。色はほとんどのが青黒くぬるずいて、顔は鰻《うなぎ》の愛想を抜いて殺気があり、その口から化け物のようにシュルシュル、チロチロ、何か獲物はにゃいかと舌を出入りさせながらずるずると這う。にゃのに音もたてず、いつの間に来たのかとびっくりさせて、いきにゃりパクリだ。それにその食いようときたら、おみゃあ、口より大きにゃ鼠も殿様ガエルも皆んにゃまる飲みするんだ。それは丁度おみゃあが小振りの鯵《あじ》でものむようなもんで、どうだ、気味悪いだろう？　できにゃあだろう？　ありゃあ、さっきの話みたいにどでかくにゃくとも、化け物にゃあ違いにゃい。一遍おみゃあも見てみにゃ……」

そう言いながらニャを見てみると、その目はもう眠りに閉じられており、桜色の小さな手のひらを上に向けてすやすやと寝息を立てているのでございました。

おくじは、「にゃんだい、もう寝たのかい」と笑って、（おみゃあはまだ、蛇にさえ会ったこともにゃあのかい、そうかい……）と思いながら優しい目をその寝顔に向けるのでございました。

五　春は来たり

今夜のおくじさんは上機嫌でございます。と申しますのも、以前から神社には猫の目まで盗んでおまつりものを荒らしに来る鼠たちがいて、皆手を焼いておりましたのですが、その親玉をやっと今日おくじが殺《や》ったことから、鼠嫌いのおかみさんはそれはもう大そう喜んで「でかした」とばかりにご馳走が出たのでございます。いつもなら決して猫になどは当たらぬ「赤い刺身」までが飯の上に乗って、二匹は盆正月の寝床入りとなったのでございます。

そうして勿論お話の方にも力が入りまして、

「どうだい、うまかったろうが、あたいの鼠取りも鮪《まぐろ》も。鼠ってのは、やっぱり猫が捕るもんだ」

と前置きしておいて、ニャに問いかけます。

「さあてお話だが、どこからだったかにゃ、ニャや」

「はい、竜太郎お兄さんが山で食いしんぼうしてひっくり返ったとこからです」

ニャが返事すると、

「そうだった、兄さまだ、おみゃあも落ちてるもんにゃんか食うんじゃにゃーよ」

と言い、お話の続きが始まるのでございました。

第五夜のお話

「兄さま、どうなさいました、兄さま」

梅次郎はすぐさま駆け寄って、倒れた兄の頬を何度も叩き、身を揺すってはみましたが、息はあるもののその体はだらりと力をなくしていたのでした。義忠が竜太郎の手から落ちて逃げるように転がる実の後を追うと、その実は見る見る紫に変じて直ぐ腐り、まるで生き物のごとく「ぎゅう」と鳴きました。これには義忠もぎょっとして、（これは如何にも怪しき実、山の邪気を吸うて実ったか）と踏みつぶし、茂みの中へ蹴り込みました。

清成も竜太郎を何とか正気づかせようと手を尽くしましたが、その深い眠りを覚ますこと

は叶わず、

「これは人事不省の一大事、大事なご使命のあるお二人をお守りするが我らの使命たるに何たる失態、もっと手前にご注意いたさねばならぬものを、どちらに向かうかばかりに気を取られ、面目もないことじゃ梅次郎殿」

と大いに悔やみながら梅次郎を手伝って竜太郎が背負う梅を外しました。

梅次郎の方はこの時、肩に手をかけて開けた兄の衿元《えりもと》から覗く赤く食い込んだ痛々しい背負い傷に気づきました。これまで何も言わずに来た兄の苦労が思いやられてただ悲しく思いました。他の者にとっても、そこにいるだけで明るく頼もしい竜太郎の存在は大きく、その物言わぬ今の姿は一同の意気を消沈させ、この後三人はなすすべもなく周りを囲んで、その意識の回復を見守っていたのでございました。

そしてそのままに山は暮れかかり、黄昏《たそがれ》時に薄ら暗む辺りの寂しさに、梅次郎がいつしか兄のいつもの笑顔や我が家、見送る親の姿を思い浮かべておりますと、ふっとその心の中に木に立て掛けてある梅の子株からの声が入って参りました。

(今こそ兄上のために、あの母上に頂いた梅干しをお使いなさいまし)

梅次郎は直ぐその意味に気がつき、大事に取ってあった懐の梅の包みを取り出しました。

水筒の水に溶いて振り、それを兄の口元へ持っていくと、少しずつ含ませてみます……。するとどうでしょう、何と有り難いことにその口はむにゃむにゃと動いて顔色も蘇り、そのうちにうっすらと目を開けました。そして、周りを見回して引かれるように上体を起こし、驚いている三人に向かってまるで何事もなかったかのように、

「これは何やらご心配をおかけしましたようで、なんでこのようなところで寝てしまいましたものか……。申し訳ない、もうこんなに暮れておりますのにな、いやいや梅次郎も早う起こしてくれれば良かったに……、さてこうしてはいられませんな、皆様」

などと拍子抜けしたことを申しますので、他の者は可笑《おか》しいやら嬉しいやらでございました。改めて義忠がこれまでのことを聞かせると、竜太郎は頭をかいて平謝りし、皆に感謝するのでございました。

ふとした何かの導きにより、またひとつ困難より救われた嬉しさに、一同は気合を入れ直して腰を上げ、それぞれに荷を整えました。梅次郎は、子株を背負おうとする竜太郎を手伝いながら、

「兄さま、肩は大丈夫なのですか、随分痛むのではありませんか?」

と案じました。

「お前とこの子株、それに母さまのお陰で元気は戻った。それによう寝たからのう」

竜太郎は笑いました。その後、肩紐に柔らかく当て布がしてあるのに気づき、また弟の足あてのないのにも目をやりました。

「お前がしてくれたのか？　すまんなあ梅次郎、お前の方こそ、その足でこれから大丈夫なのか」

「大丈夫ですとも、もう少しで山も下りられましょうから」

梅次郎は笑顔を返すと兄の広い肩に紐をかけ、子株が揺れぬようしっかりと結《ゆ》わえるのでした。

先ずはこの迷路の脱出を急がねばなりません。再び違う方向へと試して登る一行は、今一度山との知恵比べに挑む勢いで進んでみました。しかし残念ながらこの山の永い沈黙の時は、既に人を超える知恵を木々に与えたものか、その魔の手の囲いの出口は見つけられず、またもやあの目印を見ることとなったのでございます。

やがて辺りはその注連縄の紙垂の白さも見分けのつかぬ暗さとなってしまいました。清成は仕方なく枝に結んだその注連縄を外し、月の光さえ射し込まぬ一寸先は闇をこれ以上進んで無駄に体力を消耗するよりも、ここは潔く諦めてまた明日に賭けてみよう、と言いました。

これに皆同意し、この辺りを今夜の宿とすることを決めました。

清成は先ず、焚火を立てようと落ち葉を集め、火打ち石で火をつけようと試してみたのですが、この山はその落ち葉まで当たり前ではないらしく、どうしても燃えつこうとはしてくれません。そこで最後の手段として、注連縄の紙垂に火をつけて、注連縄を燃やして落葉に置いてみると、やっと煙が立って炎が上がり始めました。

夜の山の中は小さな明かりと炎の揺らぎ以外には何も動くものもなく、何音も聞こえず不気味に静まり返って、底なしの暗闇が、唯一の温《ぬく》もりを今にも飲み込まんと後ろに迫ります。四人は赤く照らし出される仲間の顔の向こうの真っ暗と無防備への不安に、誰もが押し黙って座っていました。

(遥か昔に時の止まったこの山の眠りの闇、その平穏を今邪魔しているよそ者を果たして山はそのままにしておくであろうか……。この静けさが新たなる怪への予兆でなければよいが……)

こう案じる義忠には、何とのう辺りの木の姿が昼間とはまた違うような気がしてならず、その枝の手は何かを企んでいるようにさえ見えてくるのでした。

そうして次第に足元に積もっている湿気に焚火の勢いが次第に衰えてくると、清成は、

（我らを守り来し注連縄の火をここで消してはなるものか）と周りの落ち葉を探り、動物の骨のように乾いた枯れ枝を幾つか集めて二、三本火にくべ、「ふうふう」と息を吹きかけてみました。すると、何かが「キュン」と妙な音を立てたような気がしましたが、炎は持ち直したので、今度はもっとたくさんの枝を組み上げました。一回り大きな炎が立って辺りは明るんだのですが、その焚火の中から確かに「キウウッ」と鳴き声が聞こえます。と、その途端、これを聞いたかのようにすぐ後ろの大木がぎりぎりと軋《きし》み、そして「ウオーン」と大きく吠えました。

そうするとすぐ傍の木もまた唸り、梅次郎が、

「あっ、木が、あの木に怒りの目が開いた」

と言う声と共に木の鳴き声は次から次へと伝わり、山中の木の怒りの声へと膨れ上がっていったのです。

ゴウウン、ギリリ、ゴウンギリギリと筋立って打ち震え、猛《たけ》り立つ木々の怒号、そしてその中にキウーンキウーンと救いを求めるかの哀しい音もが混じり合って渦巻き、それはもう恐ろしい山鳴りとなりました。このあまりの凄まじさに、四人は耳も胸も潰れてしまいそうになり、耳を塞いでおりましたが、そのうえ更に何かが這い広がるような生々しい音が聞こ

え始めると、皆はもう身震いして総毛立ちます。

そのざわざわと近づく音と気配に嫌でも振り返らされますが、そこに見えたのは、木の下闇をうごめいて、四方から這い伸びて来る「生きた木の蔓」でございました。思わず身震いする気味悪さに「うわあっ」と一同は焚火に身を寄せ合います。

その時梅次郎が、

「火です、火に怒っているのです。早く消さないとみんなやられてしまう」

と叫びました。清成は、あっ、と気づいて直ぐに水筒の水を逆さに振りましたが、それよりも早く生き物の触手が隣の義忠を捉え、その足は引きずられて行ったかと思うと、あっと言う間に首まで巻き上げられキリキリと締まっていきました。

「ううっ……」とうめく義忠の声が聞こえて来る一方で、その魔の手は梅次郎と子株にも伸びていきます。「うわあっ」と引き倒される寸前を、竜太郎は鉈で断ち切って子株を掴みましたが、何とその足にまで蔓は這い上がり、みるみるその体を株ごと鉈ごと包み込んで、闇の中へと引きずり込んでしまったのでございます。

清成は、そのあまりにも凄まじい勢いの前に何もできないことへの腹立たしさに、

「ええい、この上は」

と声を上げると、必死になって着ているものを脱いで、焚火に伏せるとその着物をたたんでは叩きつけ、もう終いに体ごと焚火を押さえ込んでしまいました。

そうすると、急に真っ暗になった暗闇の中、次第に蔓の引く音とこれまでの轟音が「ドドドドーン」と余韻を残して鳴りやみ、戦慄の後をしぃーんとした静けさが戻ってきました。

焚火の上で固く目を閉じていた清成は、やがて胸の下に感じる温もりに悪夢から覚めて、はっと起き上がり、焚火を伏せていた焦げ臭い衣を振って身に着けました。そして周りの暗闇に向かって仲間の名を呼んでみると、近くからは梅次郎と義忠の声が返ったものの、竜太郎の声だけは聞こえてまいりません……。

清成は、そのうち集まってきた二人と共に、「竜太郎どのお」「兄さまあ」と呼んで探しておりしたが、しばらく経って遠くから、「おーい、おーい」と元気な声が聞こえてきて、やがて落ち葉を踏む音をさせながら竜太郎の姿が戻ったのでございました。

竜太郎は、抱えている子株をトンと下ろすと、

「梅は無事にございました。いやいやしかし、一体どこまで連れて行かれるものやら、さすがに生きた心地がいたしませなんだ……」

と苦笑いしました。義忠が、まだ痛む身を擦りながら、

「そういえば梅次郎どの、この山は何よりも火を嫌う山でござった。清成も、お前が火を消してくれたお陰で、こうして皆助かったぞ」

と言うと、清成は、

「大事はないのか、まだ痛むのか？　兎も角間に合って何よりじゃ」

と安堵の表情をみせました。そして更に、

「それにしても、わしはあのような木の声を生まれて初めて聞いた。西の山といい、この東の山といい、さても禍というものの恐しく悲しいことよ……」

と溜息をついて言いました。梅次郎も、

「この山の積もる悲しみ怒りもまた身を焼かれる大火の記憶であって、あの大蛇の時にも勝る凄まじさにございました。それほどわかって欲しいのでしょうか、その思いを……」

と言いますので、他の者も先ほどの悲憤の嵐を振り返り、同じ生き物としてその木々と山の哀れが身に染みるのでございました。

さてそれから後、次第に闇に慣れてようやく月のほのかな明かりを感じられるようになった四人は、夏とは思えぬ冷気に再び黙り込むと、自らの息の音だけを聞いて座っておりました。そして、「なあに、明けぬ夜などございませぬよ」という竜太郎のつぶやきに、それぞれは明日への希望の灯《ともしび》を疲れの中に観ながら、一時の安らぎにまどろんでゆくのでございました。

しかしそれも束の間、やがてはっと目を上げた梅次郎の、

「皆様起きて、何かがこちらに向かって来ていますよ、それも早足で……」

の声に他の三人は嫌でも目が覚めました。やがて、すっかり鋭くなっているその耳にも草の騒ぐ音は聞こえ始め、一同は立ち上がりました。

「これ以上、一体何が来るというのか、山犬か、それとも何の獣か化け物か」

と闇を見やる義忠の声に一同も身構えると、その音のする方を凝視《ぎょうし》しました。

ザザッザザッと音を立てながら近付き、同時に見え始める何者かの姿は、段々とはっきりしてまいります。木立の黒の間を縫うように見え隠れしながら、白い物がその勢いを増してくるのでございます。そうしていよいよ、何だ――と緊張の走る空気を破り、清成が声を上げました。

「真白、真白だ、真白が来た」

その声に義忠もよく見ると、それは間違いなくあの真白の嬉しい姿なのでした。

一目散に皆の元へ駆けつけて、真白は両手を広げて待つ清成の手の中に飛び入って喜びの

声を上げるのです。

「真白よ、よう来てくれた、無事でよかった、すまなかったのう」

清成は真白を抱きしめて、その頭を背をさすりました。この姿には他の者も感極まるものがあり、盛んに尾を振る小さな姿が今こそ嬉しい神の使いに見えるのでございました。

さあ、その後は「こうして真白が来てくれれば百人力」とばかり活気のついた一同は、支度を急ぎ、直ちに夜の山中を出立するのでございました。

なるほど真白の道案内は、あれだけ迷わされた迷路の山の中を越え、また目の前の暗闇にもその白い姿が先を照らす灯りとなって一行を導きます。真白の姿はまるで勝手知ったる遊びの場を駆ける子供のようにて、木立をすり抜け、匂いをかぎ分けながらどんどん山を下って行ったのでございます。

間もなく旅の一行は、月明かりの下に広がっている麓の村を見ることとなりました。

「竜太郎殿、梅次郎殿、あれに見えるがその子株の帰りを待つ丘にござるぞ、ようやく着きましたな」

義忠は麓を指差してそう言うと、清成と共にその外れに光る陰陽師の仮屋敷の明かりをしばらく眺めておりました。

その懐かしさに向かって一同は足早に進んで行き、やがて旅の終点であるその戸口まで辿り着いたのでございます。簡素ではあるが落ち着いた佇まいである陰陽師の仮屋敷では、この夜中にも拘らず灯りがともって、戸口も開かれておりました。

「陰陽師様、義忠にございます、只今帰って参りました」

義忠の声に、

「義忠、清成か」

と直ぐに奥の方から声が返り、間もなく皆の前にそよ風立つごとき狩衣《かりぎぬ》姿の陰陽師が出迎えて、一行の揃う姿を見るや明るい笑顔を見せました。しかしよく見ればその皆の体は泥まみれに汚れ、清成の衣の背中には大きな焦げ穴まである様子。それに気づくと陰陽師はその爽やかな笑顔の口元を引き締め、改めて四人を出迎えるのでありました。

「よう帰られた、皆にはすっかりご苦労をかけたようで御座ったな。しかし無事で何より、さあ早う中へ」

陰陽師は、後に続いて入ってきた真白の頭を嬉しそうに撫でて労《いたわ》りました。そして、竜太郎が梅の株を肩から下ろしているのを見ると、奥から弟子を呼んで皆の世話をするよう申しつけ、自らは、

「よくぞ重い荷を遠路お運び頂いた、ここで受け取らせて頂こう」

と言って丁重に受け取りました。

陰陽師は、そのまま奥へと進んで神を祀る神棚の前に運び、用意された水鉢の中に置いて神に奉ると、その後しばらく経って旅の一同が待っております座敷に現れ、皆の顔を見てこう申しました。

「お陰をもって、大切な白梅の子株をおまつり申し上げることが叶うた。神様もさぞお喜びのことでありましょうや」

そして皆には改めてその旅の無事、使命を全うした喜びと感謝の意を述べおきました。

「あれからわしも、皆がどうしていることかと旅を案じておったが、実はな、昨晩になってまたあの帝の庭の梅の精殿と、この丘の梅の精殿までが夢に現れなされ、皆のことについては、『案ずることはない、一同無事にて明晩にも帰り着きましょうぞ』と仰せになったので、今朝からは心安らかに待っておったのじゃ」

そして義忠が、

「こちらが梅の家のご兄弟で、上の方が竜太郎殿、下の方は梅次郎殿、と仰います」

と言うと、陰陽師は竜太郎と梅次郎兄弟を眺めて深々と頭を下げました。

「なるほど、それぞれにご使命に相応しいご立派なる方々でござるな。此度、お二方にはその使命とは申せ、只ならぬご苦労をお掛け申し上げました。危うきに身を晒してのお役目、誠にもって大儀にございましたな。なれど、その甲斐あって只今は待ち望んでおりました幻の白梅の木を救うことも叶い、わたくしからも心より礼を申し上げまする」

陰陽師は続いて、兄弟にこうした話も伝えました。

「既にこの義忠、清成らよりお聞き及びと存じますが、何しろあの梅はこの世に二つとない宝物のようなものでございましてな。決して失ってはならぬものなれば、あのように傷一つなくよくぞここまでお運び頂きました。丘の上に今在る紅梅の精殿によれば、その木と此度持ち帰った子株の親木、つまり西の山山頂の梅の木は、元々紅白一対の御神木としてかつてこの丘の上の社の前に植わっておりました。それが、その頃起こった大火にて片方の白い梅が焼失してしまい、それよりこの世に白梅というものはないと伝えてまいりました。なぜかと言うと、その出来事があったというのは、この世に初めてあらゆる種類の木というものが出現した大昔であったからなのだ――とわしは聞いております。ところが、いかに離れようと時が経とうとも、互いを呼び合う神木と神木の心の繋がり、実は白梅の子孫が今も西の山の頂に生き残っているということを、丘の紅梅だけは知っていたのです。その白梅の子の株が今ここに届きしことは、遥か時を経ての里帰りということにもなりますのじゃ。

わしがこのようなことを伝えられるのも、帝のお住まいの庭に咲く紅梅——これは何とまた不思議なことに、この丘の紅梅の子であるということだが——わしが縁あってその花の精殿よりのお告げを受けることになったからなのでござる。しかも、そのお告げが仰せになるに、白梅の里帰りのための役を担う使命を持つ者は既におり、それは代々梅に関わる家の者であるということではござらんか。これも何とまあ不思議に重なる梅のご縁としか申しようもなく……。して、お二方はなぜに、またいつから自らが使命のある身であることを知ったのでございますかな？」

竜太郎が丁重にお答えする。

「私たちの祖母が、只今陰陽師様が仰せになったのと同じような夢のお告げにて、孫として私たち二人が何かの使命のある者として生まれるということを知らされました。その時より我が家の者は、それを神さまの言葉と信じて暮らして参りました。そしてまた、それを私たちにも幼い頃より教え聞かせて育てたのでございます。私も弟も、使命のあることを当たり前のように思って今日まで育ってきたのでございます」

陰陽師は頷いて、

「そうでござったか、やはり全ては人知を超えた何かの導きと巡り合わせ、つまりは神の計らいとしか思えぬこと。そしてその計らいとは、信じる者を通じて差しのべられる神の救いの手なのであり、この旅は、それに従い行う始まりの旅ということになるのであろうのう……」

と言い、それから義忠と清成に目を向けて、また語り始めました。

「あの裏山を初めて見た時から、わしは何か嫌なものを感じておりもした。此度のような不安の旅にお前たちを出すことを思い悩んではおったが、さりとて誰かに行ってもらわねばならず、苦労をかけて誠に申し訳ないことであったと思うておる。先にも申したが、大火にて山が類焼し、その際焼かれ苦しんだ最初の木の先祖たちの強い怒りの禍が今なお漂っておるのが二つの山、つまり東の山とそして西の山。なるほどな、怒りというものほど邪気を集めるものはないことをわしとて知らぬことはないが、それが山をも包む大きさ強さとなれば、どのようなものになるのかなど全く想像もつかぬこと。ましてその山を越えるともなればただならぬ苦難を伴うは必然のことにて、それこそ蛇が出るか何に出会おうかと皆の身が案じられてならなかった。だがこうして今日は五体満足にて帰って来てくれた、無事なればこそ聞けるが、一体山はどうであったのじゃ」

二人は顔を見合わせましたが、まず義忠から答えました。

「はい、二者二様に手強い恐ろしき山にございました。また後にその詳しき事々をご報告申し上げようと思うておりまする。陰陽師様のお言葉の通り、実はその蛇の化け物が出たのでございまして、一時は皆の命はもうないものとまで覚悟もしましたが、正に神の奇跡によって一同救われたのでございます。山ではこのようなことは他にも起こりましたが、仲間は力を合わせ、神に守られ、そして旅の間を人々の真心温情に支えられてようやく役目を全うすることが叶うたのでございます。あの真白も大きな頼りとなり、何度も助けられてこうして無事に帰れました」

　これに清成が続きます。

「なれどその真白は、西の山の中で山犬に出会いました時に、我らを守らんとしてその後を追うように山に入り、それから今夜東の山で再び会えるまでの間、姿を消しておりました。一同が夜の山中に行き止まり、困り果てておりますところに現れて、皆をここまで導いてくれたのでございましたが、陰陽師様、その間に真白はここへ戻ってきたのでございましょうか？」

「いや、わしが知る限りでは一度も姿を見せなんだ。そうであったか、どこでどうしておったか……、恐らく真白は、その方たちの身を案じてどこかでずっと待ち続けておったのであろう。だがそれはお前たちとて同じ思いではなかったか？　じゃがな、真白なら大丈夫じゃ、あれは山の子、神の子、それにわしの付けておいた式神の狛犬殿も一緒であったのじゃから、何の山犬になど負けはせぬぞ、清成」

陰陽師がそう言って笑いかけると、清成は、旅の間には一度も見せることのなかった涙に目を潤ませ、これにまた義忠の目頭も熱くなるのでございました。

この様子を見て陰陽師は、

「清成も義忠も、それに真白もな、何があるやも知れぬ危うき急ぎの旅に、嫌な顔一つせずにわしを信じて素直に旅立ってくれた。そして愚痴もこぼさずこうして帰ってくれたことが、わしには何よりも嬉しいことなのじゃ」

と言い、続けて、竜太郎と梅次郎に向き直りました。

「お二人の親御さまに於かれましても、嫌な噂を知ったうえ、大事な我が子を、よくぞこのような旅にお出し頂いたと心より有り難く思うておりまする。そして若いお二人がまたようこれをご承知になられた。この家この親にしてこの子あり、神を心から信じまたその使命を疑わず、我が家の心としておられる皆様なればこそおできになったことにございます。

人というものは、魂の国から生まれし時に、それぞれに何か一つは使命というものを持つものらしく、それは例えば『どのように生きようとするか』とも『どのように生かされゆくのか』ということを申すのであろうかとも思われます。

いずれにせよ、義忠も清成も、それにわしとて皆と何も変わらぬが、中には特に神の願いを合わせ持って生まれて来る者もいて、それがお二人のような方々なのでありましょうな。であればその使命をお持たせになった神様が背負う者を守らぬはずもなく、この旅とて、きっと成し遂げよ、とお見守りになっていたことであろう。また、そう思えば義忠も清成も、そしてわしも、このご兄弟と共に、神の願いとする使命に多少なりとも携われしことを嬉しくは思わぬか？　のう……」

陰陽師は別の世界を見るような眼差《まなざ》しをし、その後ぱっとその目を明るく変えて、

「さあ、長話はだめじゃ、兎も角今夜は皆様お疲れのこと、土産話は寝てのお楽しみということで、先ずはゆっくりとお休み頂き、旅の疲れを癒されよ。が、その前に、腹もお空きのご様子じゃなあ……」

と言うと、手を打って奥から人を呼んで何か用意するようにと申しつけました。そして一同を見ると、

「実はな、こんなこともあろうかと手前に用意させておいたのじゃよ」

と言ってにこやかに笑ってみせました。

竜太郎と梅次郎は、束の間の対面ではございましたが、この陰陽師の語ったことに、これまで村で聞いて育った黒雲山の言い伝えと東の山、この東西二つの山と丘の梅、そして自身の使命というものが繋がり、これが遥か昔から今日に至るまでの長い一つの物語であることに思い至りました。そして陰陽師という人そのものにもなぜか懐かしく惹かれるものを感じたのでございます。身分高き都人らしく、垢抜《あかぬ》けてすっきりと整う面立ちに、気高さというものを漂わせている目の前の姿、これまでに出会うことのなかった人物への緊張を感じます。話の合間に見せる鋭敏な眼差しに、時折はっとさせられることのあるものの、清雅にしてどこかふっと謎めいて、なおその中に子どものような無邪気と悠々が混ざり合う、そんな人柄に興味と親しみを覚えます。そして、ゆったりと時の移りゆくようなその住まいにも、不思議な癒しと安らぎを感じるのでございました。

さて次の日、朝餉を終えた後、陰陽師は旅の一同を集め、竜太郎と梅次郎に「帰って早々誠に申し訳ないことではございますが」と前置きし、今日二人にやって頂きたいことがあるのだと、こんなことを話しました。

「二人の使命であった、梅を運ぶという役目は無事に終わったが、実はこれで全てが終了したということではない。むしろこの後の方がより大切な役目なのであり、他の者が代われることでもなく、そこにこそ神様が二人をお選びになった由縁がある。まだしばらくの間は故郷にお帰り頂くことができないことを了承願いたい。梅の精殿によると、使命全うの期限は、恐らく社の完成の頃までということである。

さて、先ずはその始めとして、二人に昨日持ち帰った子株を、丘の上に建とうとしている社の前に、今ある紅梅の木と一対となるよう植えて、かつての姿を再現して頂きたいのである。

では、なぜこのようなことをわざわざ二人にお頼みするのかと言えば、あの白梅の株は普通のものとは違っていて、尊い花の精を宿らせる御神木であった梅の子孫にて、心に汚れのある者が扱えば決して根付かず、神の選びし者の手によらねば神聖なる木とはならない。もし万一これが枯れれば、今度こそこの世から白い梅というものが永遠に消えてしまうこととなる。丘の梅の木は、神の前に対をなしてこそその力を発揮し、ひいてはこの世を救うことになるやも知れぬというもの、それ故どうしても今日二人には力を合わせてお手植え頂きたいのである」

　これを聞いた竜太郎、梅次郎は、勿論この役は承知していたことであり、むしろたってと望む使命にございますと申して、その日のうちに陰陽師や義忠、清成らと共に丘に参りました。そして、今建ちつつある社を中心として西に紅梅、東に白梅となるように植え終わりました。

　これを見守って居りました陰陽師に、梅次郎は、

「陰陽師様、こちらの紅梅の木には、今朝お聞きしましたような普通のものではない、もっと力のある何かが別に宿っておりますように思えるのでございますが……」

　と申し上げます。陰陽師は答えました。

「お気づきになりましたか。わしが思うに、それは、全ての紅梅というものを統《す》べる花の精であり、それこそが庭の梅の親木として、わしに此度の全てのことを伝えてきた、神に通ずる梅の精殿なのじゃよ」

　そしてまた次の日になると、陰陽師はまた兄弟を呼び、二人への更なる使命を伝えたのでございます。

まず兄の竜太郎には、「昨日植えた株に毎日欠かさず水をやり、これから社完成までの間、その世話をする」という役割を与えました。

「これは竜太郎でなければならず、木というものを誰よりもよく育てる力を約束されている竜太郎の手のために、より早く伸び、より太く美しい御神木として成りゆくのである。そうしてこの神の木を育てたあかつきには、以後竜太郎の手によって育つ木というものは、何であってもよく育ち、また枯れることもなく成長するであろう。それに貴方がこのたび子株を運ぶこととなったのも、元々そういう木を守るお力あってのお役目であったのだ」

そして次に弟の梅次郎にはと申しますと、

「これから社完成までの間、神楽《かぐら》の舞の心得のある陰陽師にこれを習って神に捧げる舞を覚え、社完成の際には、一対の梅の木の前でその祝いと、神様に春を告げるご神力を呼ぶ御奉納の舞をして頂きたい」

ということです。

梅次郎はまさにこのために生まれてきたような者で、それ以外のどのように美しい者が舞ったとしても、その祈りが届くことは決してないのだ――と伝えたのでございます。これを聞いた梅次郎は、わが身に覚えるところがありました。

「わたくしは、物心のついた頃より誰に教わることなく、舞う、という楽しみを覚え、時に風の囁きや花の歌うと共に踊ることを好んでおりましたので、家の者からは、『おなごのような真似をして』とよく言われておりました。わたくしにそのような、晴れがましくまた神聖なるお役目が務まりますかはわかりませんが、これから陰陽師様にお教え頂き、よく精進してお役に立ちたいと思うております」

兄弟は、それぞれへのこの使命を有り難く拝受するのでございました。

さあ、本命ともいうべき大事な役目をこうして申しつかってからというもの、竜太郎は毎朝毎晩丘に行っては水をやり、心を込めて子株の世話をし、梅次郎も、扇を持つことに始まり、神に捧げ舞う神楽舞に時を惜しんで精進したのでございました。

そうすると不思議なことに子株の方は、水をやるたびに目に見えて一回り二回りと大きくなっていきます。来た時には背に負われたほどの子株であったものが、僅かの間に大きくなって、神社の完成も間近となった頃には西側の紅梅にも劣らぬ立派な白梅に成長しました。

一方、梅次郎の舞もまるで水を得た魚のごとくこの白梅と共に上達すると、やがては陰陽師の手をも離れて、今やその舞い姿は、天女かと思うほどとなっておりました。

その年も明けて、また春は巡り丘の梅の木にも蕾《つぼみ》吹く頃がまいりますと、丘の上には堂々とした神の社が見事に完成いたしました。陰陽師は、この時を都で心待ちにしておいでの帝に知らせの使いを出し、いよいよその御命によって落成の儀を行う吉日が決まったのでございました。そうすると陰陽師は、その夜には村の人々を招いて盛大なる宴を催すことを決め、少しでも多くの者が共に祝い、楽しむよう村中に声を掛けて回ったのでございました。

さてこのようにして全てのことは整い、めでたく迎えることの叶いました神社落成の祝日、西の外れにございます小さな村に、晴れがましく連なる帝の行列がお着きになりますと、山の麓の丘に真新しき木の香もかおる社の神前において、神聖にして厳かなる空気の中に、無事神儀は執り行われます。

そうして日暮れと共に明々と宴の篝火が焚かれ、今や神の丘となりました聖地の明かりに村の人々が集まって参ります。いよいよ、皆々の楽しみにしておりました春の宴は始まりました。紺碧の夜空いっぱいに輝く星々の下、篝火に浮かび上がる神の社は、その前に紅く白く咲き誇る梅を飾って壮麗を極め、この世ならぬ夢幻の景色に集まった者は皆溜息を漏らしたのでございます。

そしてやがて一対の梅の前に組まれた広い舞台に妙《たえ》なる楽の音は流れて、その上に白絹の小忌衣《おみごろも》をまとったあの梅次郎が、青摺《あおずり》の袍《ほう》の裾を引いた白梅のごとき清らかに美しい姿で現れますと、見るものは「これは天より降り立ったか」と驚嘆の声を上げ、涙する者さえおりました。

梅次郎は目を閉じ、頭上の星々の彼方、遥か天に心を馳せて祈り、その胸の前に手を合わせますと静かに目を開いて、依《よ》り代《しろ》として持つ扇を広げ舞い始めたのでございます。その白い姿は風に舞う花びらのように、また咲いて零《こぼ》るる花の華やかさにと舞い踊り、それはまるで花の化身のごとき美しさでした。

そしてこれに合わせて聞こえくる神楽の歌いは、太鼓や笛、鉦《かね》拍子などに合わせて優雅に響き、歌い綴りました。

天上舞いの天衣《あまごろも》
風に舞い　花に舞い
春の宴の　うたかたに
その香もうつつかまぼろしか

今宵は梅にいざ舞わん　いざ舞わん

（天界の人のごとき舞人の衣も美しき姿は、吹く風に咲く花に舞うのです。
春の宴のひと時は夢のように儚いものにて、梅の香さえ真のものかと思うのだが、今宵はその美しい梅の花に舞いましょう、さあ舞いましょう）

すると、何ということでございましょう。この歌と舞の華やぎに招き出されたかのように、紅い花の間から薄紅の衣をまとった花の精が現れて、続いて白い花からも白い衣の花の精までもが舞い出て、梅次郎と共に舞い始めたのでございます。

その光景は、まるで天界の宴にて、雲の上に集いし三人の花の精が蝶のように舞い競うかのような美しさにて、人は皆わが目を疑いながらもその夢に惑い、辺りを包むかぐわしき梅の香にもうっとりと酔いゆくのでした。

古の世の花の精
今宵は月の照り映えて

紅に　雪白に
咲いてこぼるる花の宴
今こそ舞わんと踊り出て
今宵は梅といざ舞わん　いざ舞わん

（遥か昔の花の精よ、今宵は月も照り輝き、紅にまた白雪のように咲きこぼれる花の宴、今こそ舞おうと踊り出て、梅の花と共にさあ舞いましょうぞ、舞いましょうぞ）

正に春の宵の夢としか思えぬ舞と調べ、そればかりか、やがてこの奇跡は更なる奇跡を呼ぶのでございます。遥か仰ぐ天に光は射し、その雲の間より一条の光の柱が射し下ったかと思うと、それは社の神殿の屋根に向かってこれを貫き、同時に御神体の鏡より発せられた光とひとつに繋がったのでございます。

如何なる者の胸をも貫き打つ神の御降臨、この衝撃と感動に集まっておりました者は皆感極まり、只々そこにひれ伏すと後はもう頭を上げることもできませんでした。

余りの驚きに鳴り止みました楽の音に代わり、どこかより吹く風に乗って、神秘の歌声が人々の耳に聞こえて参りました。

神の創りし人の世の
いやとこしえに栄えんと
秋を次ぎ　春を待ち
咲き始まりしたる梅の花
紅白揃うめでたさに
今宵ふたたびいざ舞わん　いざ舞わん

（神のお創りになられた人の世が、いつまでも末永く栄えますようにと願い、その昔初めての秋と春を越えて咲き始めました梅の花が、今また紅白めでたく揃いました喜びに、さあ今宵再びその梅と舞いましょう、舞いましょう）

この風の美しき音色に、社の向こうにございます東の山の木々までがごうごうと山を鳴らして騒ぎ始め、これはしばらくの間続きましたが、やがてその音が風と共に止み、何もかもが静まり、また神の光も閉じられていたのでございます。

ようやく我に返り、顔を上げた皆の前に見えたものは、舞台の上で気を失って倒れ伏しております梅次郎の姿でありました。

人々は、この梅次郎の心身を捧げての舞が御神木の精を呼び出し、神の御降臨まで招いたものかと胸を打たれました。陰陽師や旅の一同にとっては、これが遥か昔の禍の時より消えてしまっていた白梅の精まで呼び戻し、神に願いの届きし祈りの舞であったと心から感動するのでございました。

さてこのような、生まれて初めて目にした奇跡に、丘におりました人々は皆心から手を合わせて天に祈り、神の存在の確かを一瞬のうちに思い知ることとなりました。

「地上に落つ天の神の一滴は、その波紋のどこまでも広がりゆくなり」――この夜の出来事を境に、人々の心の中に改めて神という命の親なるものが確かに存在なさるのだと思う心が甦って広がり、そのご守護への感謝とお導きを願う思いが人から人へと次第に伝わりました。人々は、帝がその後も次々とご建立なさいました神社を信仰し、参拝する者が国中に増えていきました。

この神社は、誰言うともなく天の神様、「天神様《てんじん》」といつしか呼ばれて親しまれるようになりました。そして、そこには好んで紅白一対の梅の木が植えられたのだと申します。

また、あの二つの禍の山の因縁も消え去っていったのか、かつて魔の山と恐れられた姿から、春は花見、秋は紅葉《もみじ》狩りにと人々を楽しませるような、あの神代の始まりの山を再現したような美しい山へと変わっていったのだと申します。この山々の上には、今でも時折、龍の形をした彩雲が姿を見せるのだという話です。

またあの夜、宴の後で陰陽師は旅の一同にこう申しました。

「わしは以前に『神の計らいとは救いじゃと思う』と申したことがあったが、四人の使命の旅に始まり、今夜の出来事までのことが正にそれであった。人は百の言葉を聞かされるより、あの天の光のように一つのことにはっと気づく真もある。皆が旅で出逢《お》うた数々の怪とてそうなのじゃが、その元である邪気というものを永い間山に留め置いたのは、怒れる者の執念だけではなく、むしろ世に住む人々の心の汚れと間違いではなかったか……。戦、近頃のこと、それに我が心の中、誰もが思い当たるのではないか……。だが今夜は、今こそ人として の我に返れよという機会を頂いたのではなかったか。皆も先ほどは奇跡以上の何かを胸に覚えたであろう?

いつの日も、神は我らとその世の中の平安を願って、『命の頂点に立つ者よ、他と共に良く生きよ』と見守る親のようなもの。その親は、先の天変地異などを起こして諫《いさ》めもするが、また此度のごとく救いの手も差しのべられる。そうしていつの日か、もう見守らずともよい世の中を造れよと、我らに願いを掛けておられるのではないかと思う。

さてこの出来事が、しばらくのことに終わらず、正しきに導かれて世の中が変わっていけばよいのう……」

陰陽師はそして、神社の上にどこまでも澄み渡っております星空を見上げたのでございました。


それから幾日かが過ぎて、いよいよ竜太郎と梅次郎が故郷へ帰る時がやって参りました。神社の前に立つ兄弟と、二人を送りがてら、もう一度あの龍川の小屋番に真白を会わせたいのだと言ってそこまでを同行することになった義忠と清成、そうして真白の一行が姿を揃えます。陰陽師は竜太郎と梅次郎に向かって、

「さあて、次なる使命でございますが……」

と真面目な顔をしながら申したのち、竜太郎には美しく包まれた白梅の枝を、

「貴方と、梅の家の方々に」

と言って手渡し、また梅次郎には、

「帰りをお待ちしておりまするぞ」

と言いながら紅白梅模様の舞扇を持たせました。そして、二人ににっこりと微笑みかけ、

「義忠に清成、今度は真白に待ってもらわぬようにな」

とさらに笑い、笑顔で丘を越えて行く四人と可愛い一匹の仲間の姿を晴れ晴れと見送るのでございました。

そうして、丘の上で今一度振り返ります一行に見えましたのは、東の山より舞い降りた一羽の白い鷹が、陰陽師の肩に止まる姿でありました。


この仲間たちのそれからは……と申しますと、兄の竜太郎は我が家に戻った後、土産として持ち帰りました白梅を根付かせて、陰陽師との約束通り、家の者と共に世の中に広めることに力を尽くしました。その村はやがて人々から「梅の里」と呼ばれようになったのでございます。

また弟の梅次郎の方は、陰陽師のもとに戻ってまいりました後、「神子舞の舞い手にこの人有り」と言われるような名手となり、後の人々にもこれを伝えたとのことです。

そうして、この二人と生涯忘れることのない旅を共にした義忠と清成、それに真白との親交もまた末永く続いたのは言うまでもないことでございます。

「さあて、これでみんなはめでたしめでたし」
おくじが語り終えると、ニャは（良かったにゃあ）と思うけれども、お話が済んでしまった淋しさが勝ち、いつまでも「ミャーミャー」と甘えて鳴き止まず、もう眠たくなっておりましたおくじを困らせました。

＊　＊　＊

「ミャーミャー、ミャーミャー……」
夢の中で聴こえる声は次第に大きな寝息へと変わって、
「うるさいにゃあ、ニャは」
とおくじが怒って目を覚まして見ると、幼いニャではなく、大きくなったあん吉が目の前でいびきをかいております。どうやらおくじはお話を回想しながら夢を見てしまっていたようで、あん吉も同じく寝入っていたようなのでございました。

「あん吉、起きにゃっ、いつみゃで寝てんだい」

おくじが起こすと、あん吉はとろんとした目を開けておくじを見上げます。

「にゃんだおみゃあは、いびきをかいてたぞ、昔話を思い出してみにゃって言ったに」

「へえ、にゃにせありゃあ、寝しにゃに聞かせて頂きやしたお話でござんしたので、その気持ちよさまで思い出しやしてつい……」

あん吉が大あくびをすると、おくじはあん吉をにらみます。

「ごみゃかすんじゃにゃーよ、忘れてめんどくさいから寝たんだろう？　どうせ覚えてもいにゃい話にゃんだろうよ、でもにゃ、あたいはあれが懐かしくて好きにゃんだ。小さい頃、先代から聞いた時から忘れにゃーように大事にしてたんだよ。だからおみゃあにも聞かせてやったというに、おみゃあにゃんかすっかり忘れやがって」

「いえいえ忘れてなどおりみゃせん。そりゃあもう、ついゆうべのことのように覚えておりやして、確か糞《くそ》する暇もにゃいほど忙しい冒険のお話でございみゃした、へい」

そんなふうにあん吉が申しますので、おくじは座布団を一つ叩くと、

「にゃんだ、ばばっちいガキんとこはちっとも直ってにゃーんだから。そんにゃ覚えようがあるかい、だがにゃあ、おみゃああの頃は随分小さいガキだった……」

と言いながら、今ではもう自分と変わらぬ大きさになっているあん吉をしみじみと眺めておりました。しかし、なんでそうなるのかあん吉は、

「へえ、そりゃあやっぱり子猫でございやしたから小さかったんでして……」

などと言うものですから、

「にゃんだい、にゃんだいをにゃん回言わせんだ、あたいはにゃ、随分おみゃあも大きくにゃりやがったもんだって言ったんだよ」

と、もうひとつ座布団を打ちました。すると、これまたその間だけはあん吉が外さず、

「へい、お陰様でこの通り」

と調子よく背筋を伸ばします。

「でも姉さん、あれって本当にございましたお話でございやすか？」

「そんにゃもん、猫の昔話だけにあたしゃあ知らにゃーよ」

うららかな春の気配の漂う空を見上げると、おくじは言いました。

「でもにゃあ、にゃんのお陰にせよ、二つから四つに変わって春夏秋冬ができたんだとすり

ゃ、そりゃあ有り難いことさ。だっておみゃあな、『春は暁を覚えず朝寝して、夏は夜、昼間の仕事は昼寝でお休みだ、そして秋は天高く猫も寝て、冬はつとめて、おこたでうたた寝』と来る、どれもいいもんだ」

「さすが姉さんご教養がございやすが、にゃんだか寝ることばっかし、あっしがそれを言うにゃら、『春はうるめと鰆《さわら》のおあまり、夏は目に青葉で鰹《かつお》の造《つく》りが美味そうだ、その次秋刀《さん》魚《ま》で猫肥《こ》ゆる秋、冬なら寒《かん》ぼら寒ガレイ、正月寒ブリ食いたいにゃー』でございやすにゃあ、どれも旨《うま》いもんで、はい」

おくじは鼻を鳴らします。

「おみゃあだって一年中食うことばっかしじゃにゃーか、だがにゃ、猫にゃんぞにその有難い四季とやらが何べん巡って来ることやら……、だからおみゃあもあたいも、好きに楽しみゃいでか、寝るが息災、果報は寝て待て、生きるは食うことだ、それにおみゃあの強みはそこだけだしにゃ」

と、丁度そこへ、じゃらんじゃらんと賽銭箱の鈴が鳴り、腰の曲がった婆さまがお参りにやってきて、二匹の前で大きく柏手《かしわで》を打ちました。そうすると、あん吉はその顔をまじまじと見て、

「それでもね、確かに食い意地の張ったあっしでも、まだお話にもあった梅干しってもんだけは頂いたことがにゃいんですが、姉さんにゃら恐らくそのお味を知っていらしゃるんじゃあござんせんか？」

　と尋ねるので、

「そりゃあ、知らにゃーこともにゃあが、よほどのことがにゃい限り知らにゃくてもいい味だ」

　とおくじは答えました。あん吉は、身を乗り出して問いかけます。

「へえ？　どんにゃもんです？　やっぱり体に効きそうにゃ珍味にございみゃすか？」

「あんにゃもん、何が珍味なもんかい。何が良くて人間さんは、ああ何にでも入れて食うのかいにゃ、鈍感にゃ奴らだ。そりゃあ、ちょいと見は赤い鮪に見えにゃあこともにゃあが、間違ってかぶりついてみろ、ひょえーっと後ろにすっ飛んで、種ばっかしで牙が痛いわやたらと酸《す》っぺえわ、おみゃけに渋るわで、雑巾《ぞうきん》絞ったようにゃ口元に折角のこの器量も台無しだ。ありゃあ渋柿食った時とどっこいそっこいのことににゃる。あれだけはどうもいけねえ、にゃにが薬だ猫には毒だ」

　おくじがそう言い捨てると、あん吉は目を丸くして、

「そりゃあもう猛毒でござんす、はい」

と相づちを打ちました。しかし、おくじは頭に描いた梅干しからまた昔話の中に現れたお告げの神さまが、梅干しというものをご褒美に教えた薬だということを思い出します。

「でもなぜか人間さんにだけはあれが効くようにできてるのか、やれ腹痛、病み上がりといや梅干し粥《がゆ》、頭が痛けりゃあれを貼る、それにうちのおかみさんなんぞ、観音《かんのん》様のお姿が入ってらっしゃるとか言って種まで割って白湯で飲むし、宮司に言わせりゃ神様からの恵実《めぐみ》、だってよ。そのうえ、梅という木にはことにお性根が宿っていて、可愛がってくれた主の元へ、空を飛んで行くんだって言うじゃにゃいか。やっぱりなんだか神様とご縁の深い木だと思わにゃいかい？　それに言われてみれば寒さに耐えて春真っ先に花を付けるし、何にも勝るその品のいい香りだ、ありゃあ神様が特にとおっしゃった百花一番の花の精が宿っている匂いだ……」

おくじがそう言って風の香りを嗅ぐと、あん吉もそれを真似、二匹は一緒にいい香りの行方をたどっていって、二ノ鳥居の両側に植わる梅の木に目を留めました。

「ほら見てみにゃ、もう一つの証拠に、ここが天神さんだから、やっぱし紅白一対の梅がある。なんでもにゃいのに植えてあるはずはにゃーわにゃ。昔話もまんざら嘘でもなさそうじゃにゃーか。で、ついでに教えといてやると、その傍にある松の木にゃ、あれだっておみゃあ不思議にゃ木だよ。ほら、よく見てごらん、幹が鱗みたいだし、うねったところが何とにゃく龍に似てにゃーかい?」

「へえへえ……言われてみれば段々と……」

あん吉は首を傾げます。おくじはさらに続けます。

「ありゃあ龍の化身と言われてにゃ、あの昔話の山火事の時に、最後まで焼け残った木の中の一つだよ。まだ残ってる紅梅にまで火がつかにゃーように、神の使いの龍が乗り移って守ったことから、松は災難から物を守るめでたい木となったそうで、今では縁起の良いものにもにゃってるらしい。と言っても、これは先代のお吉姉さんからおまけに聞いたことだけどにゃ」

「へえー、それは初めて聞くお話でございみゃす。ええ、それで、店の饅頭《まんじゅう》やにゃんかの箱にも松とか梅の絵がつけてあるんでございやすにゃ。饅頭も守られて腐らにゃいと、何でも知っていなさいみゃすにゃあ、姉さんは」

あん吉が感心して言うと、おくじはその顔をじっと見て言います。

「おみゃあんとこの饅頭がどうにゃるかにゃんぞどうでもいいが、知ってんのはそんにゃことだけじゃにゃあぞ。もひとつおまけに教えてやると、あれからずーっと天の神さまは、橋の上で手鏡を持ってこの世の中を見ておられてにゃ、神社の御神体を通じてこちらの様子はなんでもありありと映っている。であるからにして、ここの神棚の一段高いところにおまつりしてあるお鏡からだって、そりゃあ勿論のこと映ってるんだ」

あん吉は丸い目になって叫びます。

「ひゃああ、大そうにゃもんでございみゃすにゃあ、御神体ってのは。へえー、あんにゃもんがにゃあ……」

おくじは大きく頷いて、

「そうだともよ、いつもおみゃあがその足元で団子転がしたり、かんぴょう引っ張ったり、松の木に小便引っ掛けて、おまけに表のお牛さまの上に乗って偉そーにしてんのまで神様にゃあみーんにゃお見通しだ」

と言って笑うのでした。あん吉はドキリとした様子は見せたものの、直ぐに開き直り、

「ありゃあ偉そうにしてるんじゃにゃいんでございみゃして、お牛さまのお肩があまりにお固いんで、あっしがお揉み申し上げてるんでござんすよ。それにそういう姉さんだって随分と大きな鰹節を神棚の後ろに隠してあるし……」

と申します。おくじはひとつ咳払《せきばら》いをして、

「にゃにを言ってんだ、人聞きの悪い、ありゃあ、おみゃあ、なんでもみーんにゃ前にばっかしおまつりして、後ろはスースーしてにゃ、それじゃあ神さまもお淋しかろうって、あたいがわざわざお供え申し上げてあんだよ。それににゃ、後ろににゃんかにゃーんにも映らにゃーよ」

と言うと、あん吉は、

「ははーっ、これは姉さんごもっとも」

と恐れ入り、どうやらこのやり取りにも落ちがついたようにございました。

それから二匹は座布団を離れ、連れ立って白梅の木の下まで参りました。すると丁度そこへ何か白い紙がひらりと飛んできて、おくじの足元に止まります。よく見るとそれは、誰かの忘れて行ったおみくじなのでありました。

これを見ていたあん吉が、

「あれれ姉さん、おくじさんに神さまから、今年初めてのお言葉が届いたようにございみゃすよ」

と言うので、おくじも両足で広げて読んでみました。するとあん吉は待ちかねたように、

「で、姉さん、一体なんと書いてあるんでしょうか?」

と聞くのです。おくじはしばらくあって、

「そりゃあおみゃあ、いつもご苦労によく働いて感心である、であるから今年は特に良い年ににゃるぞよ、ってにゃ、そんにゃもん大吉に決まってるじゃにゃーか、早速そのご利益が今朝もあったってもんだ」

と良い返事がまいりましたので、あん吉も、

「へいっ、そいつあ春から縁起の良うござんす」

と威勢のいい鳴き声を上げました。

そこへ間も良く、ピィーッと子供の吹くうぐいす笛が鳴り、その音色に若いあん吉は、恋の季節でもございます春の知らせと、大吉の当たり、それに何よりおかみさんの「今夜のご馳走はさぞうまかろう」を思って心が弾み、何度も勢いよく宙返りをするのでございました。

おくじの方は、咲き始めた白梅の花に、あの梅次郎の清らかな舞い姿と、匂うがごとき菊之丞の美しい姿を重ねて、うっとりと見上げているのでございました。

さてお終いに、先ほどおくじのもとへ飛んでまいりましたおみくじに、本当は何と書いて

あったのかを申し上げておきますと、それには、

末吉

天の声を告げて咲きたる梅の花、
世に伝わりて　土の戸開けり。
（春の始まりを真っ先に伝える梅の花、やがて地中の命も目覚めて
物事の始まる時なれば、そろそろわが身を起こし何事にも腰を上げるように）

と書いてありまして、それは誠におくじに相応しい、有り難い初みくじであったのでございます。

あとがき

かつて、猫は遠い飛鳥〜奈良時代、大切な積み荷をネズミから守るためにと、中国からの貿易船に乗せられてやってきたと言われています。こんにちでは人に寄りそう愛玩《あいがん》動物となっており、特に、最近日本ではそのブームとなっています。

我が家にも一匹、ピザちゃん（イタリア料理店の駐車場で出会ったため命名）という女の子がいます。共に暮らして十年、付き合い知るほどに、猫とは物事を嗅《か》ぎ取るハンターとして、本能的な力や身体能力においていかに優れた生き物であるかと感心させられます。加えて、繊細かつ明敏であることにおいても人間以上ではないだろうかと思ってしまうのです。

あの神秘的な眼でじっと見つめられると、こちらは心を見透かされ、かと思えば、のんびり高見され、「そんにゃ、あくせくしにゃさんにゃ」なんて諭《さと》されているように思ったりして、何だかどちらが主《あるじ》やらわからなくなります。

もともと、さほどの猫好きでもなかった私ですが、今では小さいながらその大きな存在に支えられ、心和んで過ごしているのです。

そんな猫との面白い暮らしの中で思いついたのが今回のお話です。ささやかながら、日々への感謝や、我が家に限らずどの猫たちにも、生き生きのびのびと生きてほしいとの願いをこめて描かせていただきました。

お読みいただいた皆様のご想像なさいます世界が楽しく広がり、時間に追われてストレスを抱えている日常を癒していただく一助ともなれば、とてもうれしく思います。

二〇一九年　改元の春に　やまね ひとみ

著者プロフィール
やまね ひとみ

1954年生まれ。徳島県出身、在住。

神社猫おくじの昔話 ――神社の梅伝説

2019年6月15日　初版第1刷発行

著　者　やまね ひとみ
発行者　瓜谷 綱延
発行所　株式会社文芸社
〒160-0022　東京都新宿区新宿1－10－1
電話　03-5369-3060（代表）
03-5369-2299（販売）

印刷所　株式会社フクイン

ISBN978-4-286-20643-1